· 全民微阅读系列 ·

捡来的家

侯发山 著

江西高校出版社

图书在版编目（CIP）数据

捡来的家 / 侯发山著 . — 南昌：江西高校出版社，
2017.3 （2021.1 重印）
（全民微阅读系列）
ISBN 978-7-5493-4934-0

Ⅰ. ①捡… Ⅱ. ①侯… Ⅲ. ①小小说－小说集－中国
－当代 Ⅳ. ① I247.82

中国版本图书馆 CIP 数据核字（2016）第 321146 号

出 版 发 行	江西高校出版社
社 址	江西省南昌市洪都北大道 96 号
总编室电话	（0791）88504319
销 售 电 话	（0791）88592590
网 址	www.juacp.com
印 刷	永清县晔盛亚胶印有限公司
经 销	全国新华书店
开 本	700mm×1000mm 1/16
印 张	14
字 数	160 千字
版 次	2017 年 3 月第 1 版 2021 年 1 月第 2 次印刷
书 号	ISBN 978-7-5493-4934-0
定 价	45.00 元

赣版权登字 -07-2016-964

目录

第一辑　最美的玫瑰花

二娃和山桃在"上一档烩面馆"打工，岁根年底，因债台高筑，老板失联了，出逃了。剩下这伙计俩，走投无路，回不了家过年，也无法应付纷至沓来登门讨债的人。绝望时，俩伙计商计利用冰箱里剩余的鱼肉菜蔬，自作主张、有针对性地面对顾客，做起烩面，辛苦经营了年前几日，竟赚起了小钱；又用心经营半年，俩人口碑传出，生意兴旺，还清了老板欠的债。俩人又收获了爱情，便招牌换记"小夫妻烩面馆"，打出广告，招聘小伙计，"把生意往红火处弄"。不想出逃的老板竟回来应聘……

到周庄看妈妈

燕子的妈妈去世了。燕子的爸爸欺骗她，说妈妈在周庄。果然。燕子还能经常收到妈妈的短信，甚至是毛衣和被褥。直到燕子考上大学到了周庄，谜底才被解开。

捡来的家

燕子上高中那年，大卫带上丽娟去周庄旅游了。半个月后，大卫独自一人回来了。他告诉燕子，说妈妈在周庄找了一份工作，不回来了。

"周庄？这么远啊……"燕子撅着嘴，嘟嘟囔囔的，很不乐意。

大卫说："因为你妈妈喜欢周庄，喜欢周庄的小桥，喜欢周庄的河水，喜欢周庄的夜晚……"忽然间，大卫哽咽着说不下去了。

燕子察觉到了大卫的异样："爸爸，你怎么哭啦？是不是妈妈抛弃我们了？"

大卫强颜欢笑："瞎说！你妈妈离咱这么远，我能高兴得起来吗？她这一走，我得做饭，得洗衣，得照顾你啊傻瓜……"

"那就让妈妈回来，我现在就给她打电话。"燕子拿出手机拨打妈妈的电话。妈妈没有接电话，随后发了一条短信过来：燕子，我正在工作，一是不方便接电话，二是长途电话很贵的，以后有事发短信好吗？要学会节省，你爸爸赚钱不容易。你要听爸爸的话，好好学习。

燕子回了短信：妈妈，我会听爸爸的话的。你在那边干什么工作？累不累？

妈妈的短信：我的工作不累，在周庄的水里撑船，让那些游客欣赏周庄的美景。

燕子知道妈妈很早就向往周庄，这下如她所愿了。燕子给妈妈发了短信：这工作太好了。妈妈，你什么时候回来啊？

妈妈的短信：燕子，你要好好学习，等你考上大学后，再来周庄看我好吗？三年时间，很快的。

燕子怔了一下，然后回复了短信：妈妈，我一定能考上大学，一定去周庄看您！

到了学校后，燕子把心思都放在了学习上，成绩在班上一直名列前茅。到了周末休息的时候，才用短信给妈妈汇报一周来的学习和生活情况。

妈妈也没少给燕子发短信。在短信里，除了表扬，还有鼓励，要她多吃蔬菜、水果，晚上早点休息。别惹爸爸生气。等等。

深秋的时候，燕子收到妈妈寄来的一件手工编织的毛衣。

到了冬天，燕子收到妈妈寄来的一件蚕丝被。

春去春来，花开花谢。

三年后，燕子很顺利地考上了一所大学。

接到大学录取通知书那天，燕子缠住大卫要去周庄。

大卫知道燕子的心思，答应了。

到了周庄，天色将晚，燕子一下子被周庄的景色给迷住了：小巧玲珑的周庄，桥街相连，依河筑屋，河边垂柳依依。脚边是静静流淌的河水，偶尔有小船悠悠划过……

"这才是小桥流水人家！"燕子禁不住叫道，她忽然发现爸爸望着河水，一脸凝重，像是有满腹的心思，"爸爸，你怎么啦？是不是想妈妈了？"

"你妈妈……"大卫支支吾吾没有说下去。

燕子嫣然一笑，说："爸爸，妈妈已经给我回短信了，她在双桥下的船上等我们。"

"这……"大卫迟疑了一下。

"别磨磨蹭蹭的，走吧。"燕子不由分说，挽起大卫的胳膊就往双桥那儿走去。

夜色徐徐降临。喧闹了一天的周庄渐渐地恢复了宁静和安谧。临街屋檐下红灯笼闪闪烁烁地亮起来。随着灯笼的晃动，那些灯光也随之摇曳。河水是幽幽的，微波荡漾，泛着点点光亮，不知深与浅，不辨清与浊，不晓冷与暖，一切都是隐隐绰绰，朦朦胧胧的，给人以神秘之感。垂柳下弯出一只小篷船，没有一丝声响，没有一星光亮，悄然向前划动。到了前方不远处，船上的灯蓦然亮起，平添几分夜的神韵。有江南丝竹声和苏州评弹的琵琶叮咚声从沿河人家的窗户里飘出，不由得使人为之陶醉，恍惚间似乎到了"雾失楼台，月迷津渡"的意境之中。

双桥到了。桥洞里镶嵌着数盏彩灯，灯光映入河面，把两座千年古桥的倒影齐刷刷地映在河面上。岸边垂柳的阴影下停靠着一只小小的古船，船上站着一个女人，看不清她的脸庞。

大卫放慢了脚步。

燕子丢下爸爸，跳上了船："您就是菁菁阿姨吧？谢谢您！"说罢给那个女人深深地鞠了一躬。

燕子的举动把大卫和那个叫菁菁的女人给搞糊涂了，他们异口同声地叫道："燕子——"

燕子笑了笑，说："菁菁阿姨，一年前，我偶然看到了爸爸的日记，知道三年前妈妈得了绝症，爸爸带她来周庄游玩。想不到，在周庄妈妈病情突然恶化，再也没抢救过来……爸爸觉得天塌地陷，连死的心思都有了。菁菁阿姨，是您开导爸爸，是您保存了妈妈的手机……"说到这里，燕子已经泣不成声了。

那个叫菁菁的女人上前把燕子抱在了怀里。

大卫长长叹了口气，好像一下子轻松了许多。

燕子忽然扬起头，动情地说："菁菁阿姨，我可以叫你妈妈吗？爸爸的日记里，除了思念妈妈，还有就是经常念叨您……"

那个叫菁菁的女人转身看着大卫。

大卫使劲点了点头。

那个叫菁菁的女人也点了点头。

大卫跳上船，与她们两个紧紧拥抱在一起。

古桥，小船，河水，灯笼，垂柳，三人拥抱的剪影，组成了一幅绝妙的图画。

大海情

俗话说，靠山吃山，靠海吃海。身居海边的人自然以捕鱼为生。慧芳两岁时，父亲出海遭遇海难再没回来；结婚八年，丈夫也出海未归。她的儿子小海长大了，她也要让他出海……

夜已经很深了。海风轻轻吹来，飘荡着一种大海特有的鱼腥味。热闹一天的码头没了脾气，只有路灯和渔船上闪烁的灯火还显示出些许生机。大勇提着一袋鱼走上码头时，一眼就看到了慧芳和她的三轮车，疲惫一扫而光，加快了脚步。自从慧芳开上三轮车后，只要大勇出海，不论刮风下雨，不管回来的有多晚，她都在码头上等他。

没等大勇走到跟前，慧芳就突突突地发动了车子。大勇把袋子撂进车厢，然后自己也跳了上去，随即，三轮车就突突突地开走了。

大勇看着慧芳花白相间的头发，说："嫂子，出海回来没有早晚，以后就不要等我了。"其实，这话他已经说了好多遍。

慧芳呸了一声，说："别自作多情了，我等你？我是等生意哩。"

大勇说："你等生意？我坐车你可从来没收过钱……"

慧芳打断大勇的话，说："你给我鱼也没要过钱啊？"

"我跟秋魁不是朋友吗……"大勇话一出口就意识到不对了。

捡来的家

秋魁是慧芳的丈夫。十二年前，大海和秋魁一起去南海捕鱼，遭遇台风，秋魁葬身海底，连尸体都没找到。给秋魁办后事时，慧芳扎了一个草人，穿上秋魁的衣服，拿到海里去涮一涮，沾沾海水的味道，才将草人埋了起来。此后，好长一段时间，慧芳都打不起精神。她和秋魁结婚才八年，他们的孩子小海刚上小学，她能不伤心吗？后来，为了补贴家用，就买了辆三轮车在镇上跑出租……这么多年，慧芳似乎忘却了痛苦，现在提起了秋魁，不是又勾起慧芳的伤心事了吗？大勇张了张嘴，不知道说什么才好。

慧芳打破了沉默，用轻松的语气说道："大勇，以后不要把打来的鱼给我了，还是赶紧攒钱找个媳妇吧。"类似的话，她也说了无数遍。

大勇说："要找一个像嫂子这样贤惠的难啊。"他曾托人给慧芳说过多次，甚至当面说要娶她，她都以小海还小为理由拒绝了。

慧芳轻轻叹了口气，转变了话题："大勇，求你一件事，行不？"

"好，好，好。"大勇忙不迭地应道。

慧芳说："小海马上就高中毕业了，我想让他跟着你出海，学习下氧……""下氧"是当地的俗称，就是潜水捕鱼，潭门最普遍的一种捕捞方式。和其他地方的渔民不同，在南沙由于多数都是岛礁，渔民只得采用深海捕捞方式，下到10多米深的海下捕鱼。

"不行！"大勇很坚决地拒绝了。

"为什么？你的技术不外传？出海就是兄弟，遇事互相帮助。这可是咱潭门祖传的规矩。"慧芳有点生气了。她知道，大勇10岁起就出海去南沙了。从小就在海边长大的他，不穿潜水服，最深的时候可以潜到水下20多米，一口气下去能在水里待上四五分钟。

大勇是无论如何不会同意小海出海的。慧芳的命运很苦，两岁时，父亲出海遭遇海难再没回来；结婚八年，丈夫也出海未归。如今让小海也出海，难保不出事……唉，大勇叹了口气。

慧芳显然知道大勇的心思，说："大勇，咱这里的人都是'海里的渔民'，离了海怎么能行呢？我为啥把孩子取名小海？再说，如今渔船都是机械动力了，船上有卫星导航系统、电台，有气象预报，还有南海救助队，能有啥危险？"

话虽如此，但是，常在河边走，哪能不湿鞋？今年潭门镇死了两个"下氧"的水手。大勇忍不住说道："嫂子，你为什么不同意嫁给我？不就是担心哪一天我……"

"不许胡说八道！"慧芳猛地踩了刹车，扭过头来狠狠瞪着大勇。

大勇看着慧芳的凶狠劲，像个做错事的孩子，一副等待着大人处罚的样子。

慧芳忽然软着声音说："大勇，嫂子求你了，就让小海跟着你出海吧。"

大勇说："嫂子，珊瑚礁里的东西越来越少了，而且它们都成了保护生物，连珊瑚礁，也已成为保护对象……"

慧芳不服气地说："咱潭门镇渔民的祖先就是以珊瑚礁为生……"

"嫂子，还是让小海继续上学吧，就上海洋大学……听说咱中科院南海海洋研究所已经攻克了珊瑚的繁殖发育难题。不远的将来，也会解决各种贝类的人工养殖问题。到那时，咱潭门镇的渔民就有出路了。"说到这里，大勇的眼睛闪烁着光芒。

慧芳猛地按了一下喇叭，加足了油门。三轮车猛烈颠簸着，像扑进水里的鱼儿撒欢般地往前窜。

大勇忽然叫道："嫂子，停车，停车，我到家了。"

"你到家了，我还没到家呢。"慧芳大声说道。

大勇打了个尖利的呼哨，脸上露出了久违的笑容。

年夜饭

孤寡老人花奶奶去上香了，回来后发现她准备的年夜饭让"老鼠"给吃了，就在她一筹莫展之际，有人给她送来了年夜饭。

鞭炮声越来越浓，天色阴沉得像一块没洗净的抹布，远处的山都模模糊糊的，跟天连在一块了，花奶奶意识到该做年夜饭了。

花奶奶在屋里转了两个来回，瞅到案板上的半碗萝卜菜，晌午的剩菜，她那浑浊的眼睛眨了一下，对，包饺子，年夜饭就该吃饺子，虽说菜里没肉，包成饺子就是饺子。嘿，她为自己这个想法乐了一下。主意一定，她先把火捅开，锅搁上，然后和面，擀皮，也就十几个饺子，"馅"不多，她的饭量也不大。等到饺子包好，锅还没滚。一丝风溜进了屋里，花奶奶不由打了个颤，往外看了看，这才发现像抹布一样的天空没有章法地撒起了雪花。她愣怔了一下，忙用一个小篮子装了四个苹果、一串香蕉，还有早已准备好的香和箔，拄根棍子，拧着小脚走出了屋门。老天爷想干啥，谁也说不准，花奶奶怕夜里雪大了，明天到不了庙上。

庙是"猴爷庙"，供奉的是孙悟空。村里比花奶奶年龄大的老人也说不清为啥供奉孙悟空，反正有事了就去找它，不下雨去求它，不生孩子也去求它，生病了也去求它……好像孙悟空啥都管。也是，人家有三头六臂呢。有人说，咋有时候灵，有时候不灵呢？花奶奶听到这话就不高兴，说，那是你心不诚，活该！

庙不远，花奶奶的小脚点得也不算慢，很快到了。她把供品摆上，点上香和箔，跪在地上祷告起来，求求"猴爷"保佑自己，保佑自己没病没灾。一个人孤独惯了，倒也不怕，就怕有病。

回来的路上，遇到了平安。平安原来在外地干建筑，今年回村当支书了。短短几个月，就往花奶奶家跑了几趟。昨天还来给花奶奶送来了苹果、香蕉，还有 500 元钱。

花奶奶张了张嘴不知道说啥，平安已经开口了："花奶奶，您还没吃饭吧？我娘在家包饺子，等下我给您送啊。"

花奶奶忽然想到自己要表达的意思了，忙说："我还想说让你去俺家吃呢。真的，饺子都包好了。"

平安说："不了，我顺路到杨友家里看看。"

花奶奶知道杨友有病，刚从医院回来。听说杨友住院花了一万多，平安就拿了五千。

花奶奶点着小脚回到家，推开虚掩的门，发现锅早已滚得不像样子，差点把锅盖掀掉，好在水没干，还有不少，看样子像是刚烧开。花奶奶搁好篮子，兑一些温水洗洗手，转身去下饺子，这时发现案板上的饺子一个也不剩了！花奶奶四下瞅了瞅，没半点痕迹，骂道：该死的老鼠，一个也不给俺剩，想吃也等到俺给你煮熟啊。

看着滚开的锅，花奶奶想，要不下点面条算了。门口一暗，平安进来了，一手提着一个保温桶，一手提着一个编织袋。

"孩子，弄啥？"花奶奶看了看平安的左手，又看了看那平安的右手。

平安把编织袋放到一边："花奶奶，这是大肉，过年呢，哪能不吃肉？"

花奶奶的脸红了下，说："你这孩子，我不爱吃肉，想吃肉早就割了。"其实她说的不是实话，她是可惜钱，不会挣钱，咋能乱花钱呢？

"这是俺娘包的饺子，花奶奶，赶紧趁热吃吧。"平安把保温桶放到案板上，一打开盖子，袅袅地飘散着热气，带着淡淡的饺子的香味。

花奶奶下意识地深呼吸了一口，看了看火上的锅，说："你看看，我刚去庙上这工夫，饺子都让老鼠给吃了……"

平安扑哧一声笑了，说了实话："花奶奶，我刚才来了，看到您包好的饺子，我给煮吃了。"

"你？"花奶奶不相信地看着平安。半月前，花奶奶去邻居家串门去，平安来到家里，把土灶给拾掇了一下。这里过年有个习惯，不管灶能用不能用，过年都要收拾一新。等花奶奶串门回来，平安早就走了，事后才知道是他干的。

平安不好意思一笑："要不我咋知道您没割肉？我好吃饺子，不管是荤的还是素的，您不是不知道。"

花奶奶闻听，也不吭声，转身拧着小脚，点点滴滴出了门。

平安追到门口："花奶奶，天黑了，雪也大了，您去哪儿？"

花奶奶头也不回，大声说道："我忘给猴爷说了，也得让它保佑保佑你。"

望着花奶奶的背影，摇了摇头，同时心里叹道：明年除了把敬老院建成，再建一个文化大院。

爷爷的抗战

日本鬼子进山了，爷爷不但没跑，还主动提出给日本人染衣服。爷爷是汉奸吗？就连村里人都这么认为。于是，爷爷遭到"报应"

死于非命。直到解放后，村里人才知道事实真相。

早年，当地流行这样一首顺口溜："侯家有绝招，染衣蓝如宝，穿到花花烂，颜色依然好。"说的就是爷爷。爷爷不但会染布，还会印花，即在染出的布上做出图案，俗称"夹花"，蓝底白花，式样十分别致。除了黑白图案，爷爷还能鼓捣出彩色图案，据说其华丽程度能赶上皇帝上朝时穿的龙袍。

1943年深秋的一天，一支八路军的队伍穿上爷爷染的衣服刚走，日本人就来了，领队的是山本一郎。山本一郎把村里人集合在一起，架起了机枪，要大伙说出八路军的下落，否则一个不留通通杀掉。

爷爷战战兢兢地站了出来，他没说出八路军的下落，反说要给日本人染布，染出一套八路军的服装。

上个月，曾有五个八路军穿上日本人的衣服混进了一个驻守十多个日本人的据点，等到日本人明白过来，已经被缴了械做了俘虏……太耻辱了！太丢皇军的人了！依照中国人的说法，报仇雪恨的最佳方案就是以其人之道还治其人之身！山本一郎明白了爷爷的意思，得意地哈哈大笑。

爷爷有条不紊地忙活开了。他把染缸全部清理出来，先把主要成分槐米以及靛蓝、茜草、红花、姜黄、栀子等五颜六色的东西按一定的比例一一倒入各个染缸里，然后把日军的衣服送进缸里。染一次约十分钟，拉上后绞干，抚平，又染……当时已是深秋，天气冷飕飕的。一会儿工夫，爷爷就甩掉衣服光着膀子干起来。看出爷爷身上亮晶晶的，像刚从水里出来一样，脊梁沟的汗水像小溪似的往下淌。监视的两个日本人伸出大拇指："你的，良民，大大的！"得到日本人的称赞，爷爷的脸就蹙成核桃状，一脸的惬意，干得更加卖力了。

　　经过浸色、晾晒等工序后，日本人的衣服已经变成了土黄色，跟八路军穿的不差分毫。山本一郎兴奋得像一条发情的公狗，让属下统统换上了这些土黄色的衣服。之后，就雄纠纠气昂昂上路了，很像那么回事儿，如果不叽里咕噜地说话，足以达到以假乱真的效果。

　　日本人走后，乡亲们都不搭理爷爷，私下里称爷爷"汉奸"。

　　时隔不久的一天晚上，染坊着火了。因有一批活儿要做，爷爷当晚住在了染坊。等奶奶得知消息赶到染坊时，只见火焰熊熊，窜了几丈高，火光把半个天都照亮了。火太大了，根本到不了跟前，只能眼睁睁看着染坊被一点一点烧成了灰烬。爷爷被烧成了一具焦黑的干尸，像是枯干朽掉的树干。

　　本家的五爷也在场。他叹口气，说："这事可能是八路干的……他、他也是自作自受，不值得为他难过。"

　　解放后的一个春天，当地民政部门陪同当年曾在村里驻扎过的部队政委来到村里，他们来找爷爷证实一件事。

　　听说爷爷死于非命，政委灰着脸，黯然半天，讲出缘由：深秋的一天，天空很亮很蓝，阳光像金粉一样耀人眼目。八路军正在山上埋锅造饭。忽然哨兵报告远方走来了山本一郎的队伍。当时没有认出来是小鬼子，以为是自己的队伍，因为小鬼子们穿的也是八路军衣服！他们正要上前打招呼，不想却看到了奇观——在太阳的直射下，小鬼子们穿的衣服由土黄色变成了白色，而且，每件衣服的前胸后背上都出现了一个膏药旗！正当八路军惊奇之时，小鬼子们也发现自己身上的衣服颜色发生了变化，他们哇哇叫着乱了阵脚。八路军反应迅疾，纷纷开枪射击，不到五分钟就歼灭了这股日军……事后，八路军猜测是爷爷干的事，因为之前把八路军的衣服染成日本人的服装也是爷爷的杰作，由于当时战事繁忙，没有回来给爷爷请功。

奶奶听得很平静，她的脸木木地呆了好久，眼里的泪才虫似的爬了出来，一串一串往下坠，豆粒似的滚了一地。她哭了一会儿，想了一会儿，才喃喃说道："老头子，你、你死得屈啊……"接着唏嘘有声地哭起来，哭声悲切，像是老牛的哞叫。

听着政委的一番话，村里的老少爷们不住地感慨着，有悲凉，有戚然，也有赞叹。有一个人例外，那就是五爷。他的样子怔怔的，像着了魔一般。他不住地喃喃自语，你咋就不说一声呢？你咋就不说一声呢？

等到村里人再见到五爷时，他已经吊死在了爷爷坟前的一棵柳树上。

三个月后，奶奶无疾而终。她咽气时，表情很安详，上身穿着一件华丽的衣服，像古时皇后娘娘穿的袍子，五颜六色，花红柳绿。虽然是老粗布，图案也是手工印染出来的，依然鲜艳，好看，扎人的眼。

最美的玫瑰花

小米多次收到男友给她买的玫瑰花，她却并不开心。当她看到那个建筑工人送给女朋友的"玫瑰花"时，她被深深地震撼了。

阳光透过沙窗帘打在小米的脸上，让她感到暖暖的。她睁开眯着的眼睛，看了一眼落地窗，觉察到天已经大亮了。楼前一家建筑工地在施工，打夯机的声音，挖掘机的声音，还有尖利的哨音以及民工的喊叫此起彼伏。其实，她早就醒了，即使没有这些噪音，她也一样睡不着。自从住进这栋别墅后，不知从什么时候开始，她就患上了失眠症。还不到三十岁，不应该呀。前几天她去找医生的时候，医生也感到奇怪。

小米叹口气，从宽大的床上起来，慵懒地伸了个腰，踢拉着拖鞋走到了落地窗前。她哗啦一下拉开窗帘，阳光一下子刺得她有点不适应。好半天，她才看清楼前工地上的热闹。看似热闹，却也有条不紊：开搅拌机的，推灰浆车的，开挖掘机的，嘴上噙着口哨指挥的……各自忙着各自的事情。小米把目光落在了那个开挖掘机的小伙子身上。

小伙子也就是二十四五的年龄，皮肤黑黑的，很健康的那种颜色。不像杨少，奶油色的皮肤，让人腻歪。小伙子面目周正，穿的是浅蓝色的工装，扣子系的严严实实，工装干干净净，不似其他农民工那样邋遢。他端坐在驾驶室，工作很熟练，就跟玩儿似的，庞大的挖掘机在他的操纵下，灵活自如，将一铲铲泥土挖出来，堆放到一边……

太阳渐渐升高了。小米似乎看到小伙子的鼻梁上冒出了细小的汗珠，闪闪发光。小米下意识地抽了一下鼻子，似乎要闻什么气味。小米抽过之后，不觉脸红了。担心小伙子看到她的表情，忙把目光洒向工地旁边的马路上。

小米看到路边不少人在卖花，玫瑰花。一些年轻的恋人们从卖花人那里挑选着他们中意的玫瑰，然后带着一脸的灿烂离开了，给小米留下一对对美丽的背影。小米打开窗户，一丝清新的空气钻了进来。小米使劲嗅了嗅，好像闻到了爱情的气息，情人节到了！这样的日子，算是一年当中里最热烈的时刻，因为爱情。

想到爱情，小米苦笑了一下。她曾不止一次地问过杨少，我们这算爱情吗？杨少说傻瓜，不算爱情算什么？小米讥讽道，聚多离少，像地下党接头，算什么爱情。杨少狡辩道，两情若永久长时，又岂在朝朝暮暮……前年的情人节，杨少给她买了 101 朵玫瑰，称之为"唯一的爱"；去年的情人节，杨少面也没露，让司机给她来送了 33 朵玫瑰，称之为"我爱你三生三世"……今年呢？杨少会给自己送几朵？

小米摇了摇头，她看到一位卖花的小姑娘朝小伙子招手，隐隐约约地叫喊，像是求小伙子买花。小伙子从驾驶室探出头来，给小姑娘摆了摆手，拒绝了。小姑娘失望地走开了。小米以为，玫瑰花对小伙子来说是一种奢侈品，即使玫瑰花再便宜，他也不会买的，因为他不懂得温柔。一个农民工会买玫瑰花吗？不可能的事。小伙子有女朋友吗？她长什么样子？有大辫子没有？

中午时分，门铃响了。杨少？小米失急慌忙去开门，却是一花店的送花工，捧了一大束鲜艳欲滴的玫瑰花，说是杨先生让他送的。小米没接，犹豫了一下。送花工说，美女，这可是我们店里最美的玫瑰花。

小米回到房间，她特意数了数，是十一朵，代表着"一心一意"。小米拿起手机拨打杨少的电话，电话里传来一位小姐温柔的声音："对不起，您拨打的电话已关机……"小米把手机撂到了沙发上。刚住进这个别墅的时候，杨少一周还来两次，后来一周一次……这一回，杨少一个月前从这里走后，再没有来过，偶尔有问候的短信发来。

等到下午的时候，小米走到窗前。她看到小伙子刚把挖掘机停到一边，一位姑娘款款向他走来。看得出，姑娘是小伙子的女朋友。姑娘齐耳短发，个头苗条，不胖也不瘦，正是时下流行的身材。她上身穿的是一件红色的薄毛衣，下身穿的是一条发白的牛仔裤，搭配在一起倒蛮好看。两个人走到一起，不知道嘀嘀咕咕说了些什么。姑娘低着头，不停地扭捏着身子，偶尔扬起小手捶打小伙子一下。小伙子攥起姑娘的手，示意她往工地上看。顺

捡来的家

着小伙子手指的方向，小米的眼睛直了——在工地上，挖掘机挖出来的泥土一勺一勺堆出一朵硕大的玫瑰花，一些碎石子撒在中间做花蕊！太美了！小米禁不住轻声赞道。小米看到，姑娘脸上带着淡淡的微笑，很幸福的样子。

直到小伙子骑着摩托带上姑娘离去，小米还在痴痴地看着那朵玫瑰花，挂着一脸的泪水。

回　家

一个男人悄悄跟踪着一个女人，任凭这个女人如何吓唬、喊叫，男人都"不离不弃"。这是为什么？因为他们是一对夫妻。

她发现那个男人还是不远不近地跟着自己。她已经拿起砖头吓唬他几次了，有一次还砸在了他身上，他却固执地跟踪着她。他要干什么？她害怕了，这深更半夜的，街上行人和车辆已经很少了，他要对自己图谋不轨怎么办？

她快速穿过马路，回转身对着马路另一边的他叫道："我身上没有一分钱，别跟我了。"说着还翻起口袋让他看了看。

"燕子，跟我回家吧。"他大声说道，紧走了两步，试图穿过马路。可是，红绿灯又让他停了下来。

真是神经病！现在是冬天，哪有什么燕子？趁着他等红绿灯的时间，她忙转身跑了。

"燕子！燕子！"他在后边扯起嗓子叫道。

自己跑的样子像燕子？这个傻子。她跑进了一条小胡同。

　　冷不丁，她的前面幽灵般出现三个男人：一个带着墨镜，一个口罩捂着脸，一个脸上勒着条黑色的围巾，排成一字状挡着了她的去路。三个人一个个歪斜着身子，站不稳似的抖动着身体。

　　"口罩男人"嘻嘻一笑："大哥，这个娘们还有些姿色。"

　　"围巾男人"："干？"

　　墨镜男人甩了下手："干！"

　　三个人呈包抄状围了过来。她这才明白，原来他跟他们是一伙的！她没有办法，只有停了下来，瑟缩着膀子，不知道是寒冷还是因为害怕，也可能二者兼而有之。

　　很快，三个男人已经围到了跟前，似乎已经贴着身体了，她都能听到他们的呼吸，浓重的口气中一股酒味。"口罩男人"上前抓住了她的胳膊。他的手劲很大，她已经感到了疼。"墨镜男人"摘下手套，去抚摸她的脸。她躲避了一下，下意识地"啊"了一声。

　　"住手！"她只听到一个怒吼的声音。没等明白过来。身边已经乱成了一团，他跟他们搅合在了一起。

　　真是神经病，你一个人能打得过三个人？她趁机躲在了一边，松了口气。

　　他像一头暴怒的狮子，挥舞着拳脚乱打乱踢，很没有章法。一拳难敌四脚，何况围巾男人手里拿着尖刀。他终于被打倒在地。

　　远处传来110的声音。三个男人匆匆逃离了。

　　他躺在地上痛苦地呻吟着。

　　她不知所措。

　　警察赶到了。他的胳膊上被划了一刀，先是到医院包扎了一下，然后把他们两个带到了派出所。

　　她对他的情况一问三不知。警察以为他是个英雄，当她说到他一直跟踪着他，明白了，他是玩"英雄救美"，想获得这个女人的好感。

捡来的家

他大呼冤枉，说她是他的妻子，有病，一直跟着她，怕她走丢，怕她被人欺负。

她急忙对警察说："我不认识他，我不认识他。"

神经病！警察笑了，不再听他的解释，就先把她放走了。把他的身份证等信息登记备案后，也把他放走了。一个带伤的神经病，留着也是累赘。

她想回家，家在哪里？正当她努力回忆的时候，她忽地感到身上一暖——一件棉袄披在了她的身上。

是他！他站在她身后。

她心里一软："你、你为啥要这样对我？我真的不认识你。"

他一脸焦急地说："燕子，我是大伟啊，你不认得我了？"

她摇摇头。她也相信了警察的话，他真的是个神经病。此刻，她有点同情他，或者说是可怜他了。

她说："你家在哪里？我送你回家吧。"

"你真的愿意送我回家？"他惊讶地看着他。

她点了点头。

他孩子般咧着嘴笑了。路上，他跟她讲了他妻子的故事：他的妻子叫燕子，遭遇车祸，间歇性失忆，他就一直跟在她后面保护她，怕她回家认不得路。

唉，遇到一个神经病真的没办法。她还是耐心解释道："我真的不是燕子，如果我见到燕子，我会告诉你的。对了，我还不认识燕子呢。"

他说："燕子跟你一样，大大的眼睛……"

她明白，他把她当成燕子了。这个男人真可怜！她心里叹了口气。

不知道走了几条街道，拐了多少胡同，终于来到了他的家。他打开家门，拉亮灯。她却还站在门口没有动，瞪大眼睛看着室内的一切，一副吃惊的样子。

他说："进来啦，外面挺冷的。"

她一下子泪如雨下："我想起来，想起来了……大伟，这是梦吗？我真的回家了吗？"

"燕子，别哭，这不回到家了吗？乖，别哭，别哭。"他把她揽在怀里，一边流着泪一边轻轻拍着她的肩膀。

寻 亲

丈夫失踪了，桂婶寻找多年没有结果。忽然有一天，儿子给她领回来一个流浪汉，说是父亲。桂婶明白，流浪汉不是自己的丈夫。但是，桂婶却接受了这个流浪汉。

桂婶把孙子萌萌送到学校，回到家发现丈夫金刚不见了。起初，以为到村子里转悠了。等到天黑，还不见人影。桂婶这才急了。不只是亲戚朋友，左邻右舍也帮着一起寻找，找了一晚上，又接连找了多天，方圆几十里，包括所有的水库、机井等，凡是容易出现意外的地方，都找遍了，没有蛛丝马迹，真个是活不见人，死不见尸。直到第七天，桂婶一边揪着花白的头发一边说不找了，不找了。桂婶的话没说完，眼里的泪就一滴一滴掉下来。一起生活了三十多年，即便是一只猫一只狗也会有感情的，何况是夫妻？虽说金刚是个不正常的人。

金刚的不正常是从三年前开始的。那年金刚出了车祸，幸亏没有生命危险，但是被抢救过来后，变得跟正常人不一样了，不怎么活动，坐在一个地方一坐就是半天，呆呆的，傻傻的，也不说话，别人问他话，只会简单地"嗯""啊"，似乎哪根神经错乱了。他这个样子显然是没法干活了，儿子小桂就让桂婶在家照顾父亲，接送萌萌，自己和媳妇到城里打工去了。

说是不找了，其实桂婶一直没有放弃寻找的机会。赶集时，桂婶啥事也不干，瞪大两只眼睛，瞅瞅这里，瞅瞅那里，瞅得两眼酸疼，揉揉眼，继续瞅。她在集市上转来转去，直到天黑下来看不清人脸，才恋恋不舍地返回。遇到有外村人来村里，桂婶就上前打听；看电视时，桂婶特别留意上面打的那些寻人启事……

转眼又是六个年头，萌萌上初中了，食宿在学校，不用接送了。桂婶便到城里打工去了。那时候，她已经是六十出头的人了，谁要她？她就背个蛇皮袋，在街上捡破烂。一边捡着破烂，一边去瞅路过的每一个人。有时走一天，只顾瞅人，一个饮料瓶也没捡到。

就这样，桂婶整整捡了八年，仍然没有"捡"到自己的丈夫，她这才死了心，听从儿子的劝告，回老家了。她不回也不行，此时她已经是七十岁的人了，身子骨已经没有原来硬朗了，走上几十步就要停下来歇一歇。有一回感冒发烧起不了床，要不是房东及时把她送到医院，后果不堪设想。

忽然有一天，在城里打工的小桂给他带回来一个老头。

刹那间，桂婶的眼睛直了：这个老头太像金刚了！

小桂说，当初见到他时，他正蹲在一个垃圾堆前啃一个烂西瓜。他的头发长长的，又脏又乱，脸上也涂满了尘土……知情人说，是外地流浪来的，平时以乞讨为生。

桂婶走上前去问老人："大哥，老家哪儿的？"

老人憨憨一笑，也不说话，含糊地"啊"了医生。

"你是不是叫金刚？"桂婶又问一句。

老人依旧是憨憨一笑，不说话。

小桂说，他把老人领去洗了澡、理了发，越看越像爹，这才带了回来。

桂婶审问了半天，一句话也没从他嘴里掏出来。不过，他走路的样子，他傻笑的神态，跟丈夫真的是太像了。她重重地叹口气。这一叹，说明她认了。

亲戚朋友，村里的人闻讯后，先后过来看。都说，太像了，太像了。小桂的堂弟说，就是金刚叔，就是金刚叔。说罢还亲切地叫了一声。

听到这话，不知道为什么，桂婶眼里的泪不由自主地流下来。

"桂婶，人都回来了，您哭啥呢？"

桂婶这才意识到自己流泪了，忙用袖子去擦，擦了流，流了擦，总也不是个头。

每天，桂婶给丈夫端吃端喝，伺候得很周到。闲了的时候，桂婶就跟他讲先前的点点滴滴。他依旧是憨憨的样子，任凭桂婶说什么，他都是一个样子，一种神态。桂婶呢，却不管丈夫的反映，只管顺着自己的话头往下说。

都说，要不是小桂及时把他找到，说不定早死在外边了。

直到有一天，桂婶眼看着就要咽气了，小桂跪在母亲的床前："娘，我不能再瞒您了，他、他不是俺爹……可他也太像了，我知道您心里一直放不下，所以骗了您。"

桂婶努力笑了一下，微弱地说道："桂儿，我知道他不是……我若不收留，哪里才是他的家呢？……我走了，你要好好待他，还叫他爹……老天保佑，你爹也能有人收留他……"

小桂点着头，泪如雨下。

傻 妞

傻妞真傻，常常干出点出格的事情来。然而，傻人有傻福。她傻得可爱，傻得让我们为之感动，傻得赢得了自己的爱情和工作。

傻妞是个弱智，到了二十五六岁还待字闺中。

说傻妞是弱智，也只是轻微的，头脑不是很灵性，用当地话讲就是少一根筋，说得更通俗一点，有点憨憨的。爱美是女孩的天性，傻妞也一样，每天都把自己打扮得清清爽爽。如果你不了解她，第一眼根本看不出傻妞是个有缺陷的人。镇里边关于她的逸闻趣事就有好多。譬如，镇里演露天电影，看到银幕上一辆马车迎面奔跑而来时，傻妞就会吓得连忙离开现场，跑得远远的，直到那辆马车从银幕上消失，才又回到银幕前；有时看到银幕上的瓢泼大雨时，她就忙跑回家拿把雨伞，然后撑开雨伞看电影……刚开始，大伙儿还觉得挺好玩，时间一长也就见怪不怪。如果她不干出点什么出格的事情，大伙儿反倒感到奇怪。

每年正月十五那天，镇里都要唱大戏。外地来的草台班子。唱戏的费用当然是政府给解决的，或是有钱人家赞助的。只要唱戏的一来，傻妞就把自己的粮食弄半袋给戏班子送去。戏班子的人不理解，傻妞的家人也不理解。有一次，唱戏的团长问傻妞："你为什么送粮食？"傻妞笑了笑，歪着头，嘴咬着自己的一根指头，不吭声。团长再三追问，傻妞还是那个表情，不说话。团长想了想，说："你要不说，我们就不演了！"傻妞脸色一变，忙结结巴巴地说道："没、没吃的，你们咋唱戏？"就这一句话，把团长感动得鼻子酸酸的，不知道说什么才好。

　　下午的戏唱罢，是吃晚饭的时间。当地村民有个风俗，要请唱戏的到家里做客。当然，请的都是名角。戏班子里的名角也就那么几个，好嗓子的黑脸、威风的红脸、英俊的小生、漂亮的旦角，有扮神仙的老生也再邀请之列。白脸的奸臣、嗓子不好的配角、看戏箱的、拿着本子在幕布后面提台词的，等等，这些人都不会被邀请。民间有个说法，家里有七灾八难，宅院里闹神闹鬼的，请唱戏的去家里一趟，因为唱戏的都是"大人物"，如岳飞，如秦琼、如敬德，如关公，如张飞，等等，长得五大三粗，性子野，一身武艺，能镇得住那些妖魔鬼怪。若是当天有这些人物的戏，请的人就多了去。

　　单说这天下午戏唱罢，傻妞非让看戏箱的老毛到她家里去吃饭。大家都觉得好奇。特别是傻妞的爹，说："闺女，你为啥让毛师傅来吃饭？他又不会唱戏。"傻妞的脸一下子红了，用手绞着自己的辫子，看了一眼爹，又看了一眼，才说："他、他给我搬了凳子。"原来，傻妞看戏的时候，被大伙儿挤到后面，踮起脚尖、伸着脖子也看不见，老毛就把自己的凳子让给了傻妞。剧团的团长听说这事后，感慨不已，谁说这闺女憨？我看一点也不憨。有人就开老毛的玩笑，说老毛，我看你对傻妞有意思，你反正也是个光棍，把她介绍给你吧？老毛一边摇头，一边嘟囔，也不知道嘟囔的啥。看样子，他也嫌弃傻妞。

　　当天晚上有一场现代戏：一个老汉进城给孙子看病，下车时，发现身上的钱被偷了。那钱是老汉卖猪的钱，是救命钱。同车的乘客得知情况后，纷纷捐款给老汉。小偷良心发现，又把偷来的钱还给了老汉。恰好剧中的一个角色感冒了，上不了场。临时让谁救场，没有一个人愿意。这个角色是个配角不说，还是那个小偷！团长就想到了傻妞，想让她代替这个角色。其实这个角色简单，没有台词，只有两个动作——把老汉身上的钱悄悄掏出来，最后还给老汉。

团长给傻妞说了半天戏，傻妞终于似懂非懂地点点头。

戏开场了。剧情一步步推进。该傻妞上场了，第一步，她要去偷老汉裤子口袋里的钱。

谁也没想到，傻妞走到"老汉"身边，没把手伸进"老汉"的口袋，而是伸进自己的口袋，掏出一把零碎的票子，塞给"老汉"。"老汉"也给搞懵了，掏出傻妞塞给的那把零碎票子，下意识地说："你要干啥？"傻妞说："大爷，我身上就这点钱，您给孙子看病吧！""老汉"给搞糊涂了，台上扮演乘客的演员都给搞糊涂了！这是哪跟哪啊？！幸亏，那些演员们脑子反应快，纷纷从自己口袋里掏钱给"老汉"……

看到这儿，现场的观众谁也没发现问题，谁也不知道演砸了，反而起劲地鼓掌叫好！他们说，这是他们这辈子看过的最好的演出。

后来的事情皆大欢喜：傻妞成为这个草台班子的一员。一年后，她结婚了，那一位就是看管戏箱的老毛。

捡来的家

他是一个破烂王。依靠他的勤奋和善良"捡"到了一套房子，一个儿子和一个妻子。

老高并不老，只有三十出头，他不修边幅，冷不丁一看，像是四五十岁的人，因此人们都叫他老高。老高是从农村来的。他是个孤儿，三十多才娶了个寡妇，寡妇去的时候还带着一个十岁的女儿。老高老实，除了种庄稼，不会挣钱，结婚不到两年，老婆就带上女儿远走高飞了。老高一气之下来到城里，在郊区那儿租了一间房子，背起蛇皮袋，捡起了破烂。后来有了积蓄，便鸟枪换炮，弄了辆人力车收购废品。

老高实在，不会缺斤少两，价格也公平，这样一来，特别是那些老头老太太，都会把家里的破烂留给老高，或者说专门等着他去收购。有了固定的客户，老高每年也能赚个三四万，不比普通上班族少。

这样捣鼓了几年，老高在郊区买了一套二手房，顶层，老房子，家里有现场的家具，他简单打扫一下就住了进去。

有一天，老高捡到一个三个月大的弃婴，男孩。当时围观了不少人，议论纷纷的。老高从人们的言谈中得知，这个婴儿是兔唇。亲生父母都不要，谁还要？听着婴儿嘶哑的哭声，老高二话没说，就把这个婴儿抱走了。

这下子，够老高忙活了，一会儿给儿子换尿片，一会儿给儿子喂奶粉……过了半个月吧，老高就在人力车上用旧棉被弄了个窝，藏上儿子，挨街穿巷地收购废品。

张大嫂是和平小区的保洁工，丈夫出车祸走了，儿子在外上学，现在也是孤身一人。也许是同病相怜，她关心老高多一些，说是关心，无非是把丈夫之前的衣服送给了老高，有时拉呱几句闲话而已。就这样，老高已经感激不尽了。她问老高，说你不知道这孩子有缺陷？老高说，好歹是一条命啊。张大嫂叹口气，说你这是图啥哩？老高吭哧半天，才蹦出一句，说，家里边有了哭闹声，有了屎尿味，才像个家的样子。

和平小区门口有个垃圾箱，老高赶到的时候，总能在垃圾箱外边捡到一些小孩子衣服、玩具，还有学步车。刚开始，老高以为是小区的居民丢弃的。时间长了，老高才明白是张大嫂故意给他的，有的衣服还没拆封，新崭崭的，看样子是张大嫂买的。老高要给钱，张大嫂不要，说这是破烂，又不是我的东西，你给啥子钱？老高想不起反驳的话，只是嘿嘿呵呵地傻笑。看到老高这个样子，张大嫂转过身，抿着嘴乐了。

别看老高没文化，却给这个孩子起了个很有文化的名字——高兴。

高兴两三岁时，老高就把他丢在家里，让他自己玩去。高兴知道爸爸是个捡破烂的，家里的好多东西是爸爸捡来的，电视机，冰箱，玩具手枪，身上穿的衣服，好多啦。有一次，儿子问老高："爸爸，垃圾箱里什么东西都有啊？"老高点了点头："可不是哩，你也是我从垃圾堆里捡来的。"

这天傍晚，老高打开屋门，不像往常那样，儿子一边叫着一边扑到自己身上，他挨个屋子看了看，才发现儿子没在家。

被人绑架的可能性不大，肯定是儿子自己跑出去了。往常，也有过类似的情况。不过，儿子都是在楼门口玩耍，不会走远的。

老高急冲冲跑到楼下，在门口转了几个来回，没有见到儿子。一时间，老高急出了满头的汗。就在他一筹莫展的时候，接到了张大嫂的电话，说高兴在她那儿。

老高松了口气。随后，他破天荒打的赶到了和平小区。

张大嫂说，她准备下班时，在垃圾箱那儿见到了高兴。

老高气呼呼地瞪着儿子，你来这里干啥？

高兴看着爸爸的样子，咧了一下嘴，哭出声来。

你看你！张大嫂不满地翻了老高一眼，然后给高兴擦拭眼泪："孩子，别哭，别哭。"

高兴忍住哭声，但嘴还是一撇一撇的，挺委屈的样子。

张大嫂揽过高兴，别过脸："你知道吗，高兴他、他想捡个妈妈。"

老高一下子愣住了，心里满满的，眼里差点落下泪来："真是个傻孩子。"

高兴说："爸，姨姨说，只要您愿意，她就到咱家来。"

老高心里通通直跳，有点不知所措了。他偷偷看了一眼张大嫂，忽然间发现，路灯下，张大嫂的脸蛋是那样的红润，那样的美丽。

转换角色

他曾是老板，后来成了伙计，老板就是原来自己的伙计；他曾是伙计，后来成了老板，伙计就是当年自己的老板。

二娃是"上一档烩面馆"的小伙计。不像正规的酒店，即使小伙计这个角色，也分前厅、后厨，前厅又分传菜的、迎宾的，后厨又分择菜的、洗涮的，等等，多了去，二娃没有具体的工作，却不轻松，有什么活儿干什么活儿，端盘子，抹桌子，扫地，擦玻璃，有时间还要起五更陪着老板去买菜。老板太抠门，大厨也不聘用，自己掌勺，服务员就聘用了两个人，除了二娃外，还有一个女孩子，山桃，她负责择菜，洗刷碗筷，吃饭时辰，还要站在门口招呼人。虽然忙一些，老板给的工资不低，管吃管住，每月两千元，这在同行业中已经是不低的了，有的星级酒店只给一千多一点。当然，这里是说钱不见钱，老板承诺年底一块儿给。

明天就是腊月二十三了，老板承诺开工资，放假，回家过年去。二娃盘算着自己能开多少钱，回家给爹捎个帽子，给娘选件羽绒服，给小妹买个手机……结果一晚上也没睡踏实，老是在做梦，一会儿

捡来的家

梦见自己在超市挑选东西，一会儿梦见自己坐在火车上，一会儿梦见自己到老家了。等到醒来，已经是早上八点了。他慌忙爬起来，脸也顾不得洗，就蹬蹬蹬下楼了。面馆在一层，他住在楼上。结果大门没开，老板还没来！若搁往常，老板七点左右就到了。二娃忙打开门，发现山桃瑟缩着膀子站在门外面，山桃在另外一个地方，和一帮乱七八糟的女孩子住在一起。

两个人收拾罢房间的卫生，已经是九点钟了，老板还没来。怎么回事啊？二娃感到什么地方不对劲，打老板的电话，被告知手机已经关机。

二娃茫然无措的时候。陆陆续续来了几个人，都是找老板的，一个是房东，说是要房租的，一年的房租四万八，老板一分钱也没给；一个是杀猪的，是来要账的，说老板用了他大半年的肉，欠了五万多；一个是菜农，也是来要账的……原来老板承诺今天兑付，所以他们才来了。

到了十一点，老板还没露面，电话还是关机。直到这时，那几个讨账的感觉受骗了，对着二娃和山桃骂骂咧咧的，好像他们是冤的头，债的主。二娃和山桃不敢反驳，也不知道如何反驳，任凭他们的唾沫飞到脸上。

几个债主知道两个服务员也是受害者，欺负他们也没啥意思，便自认倒霉，就又骂骂咧咧地走了。

山桃松了口气，怯怯地说，二娃，咱也走吧？

二娃点点头，转而摇摇头，说，连回家的路费都没有，咋走啊？

山桃说，我、我也没有路费……我身上只有十几块钱。

二娃说，你回家一趟得多少钱？

山桃说，汽车、火车、三轮车，得一千六百块。

咱两个差不多。二娃说，哎，这冰箱里还有肉，还有青菜，咱把路费挣出来再走吧？

山桃迟疑了一下，说你会做烩面？

二娃说，没有吃过猪肉还没见过猪走路？把生的做成熟的就中，来咱这小店的，身份跟咱差不多，不是啥讲究人，即使有些差池，不会找麻烦的。

你真有把握？山桃扑闪着眼睛。

想着是给咱的家人做饭吃哩，能错到哪里去？二娃蛮有信心地说。

中！山桃的两只眼睛越来越亮。

说干就干，二娃把火打开，一边烧水，一边去切肉；山桃择葱、剥蒜……当把第一碗烩面端给一个中年汉子时，说实话，二娃的心里还没底，忙让山桃把醋、辣椒、盐拿过去，说大哥您看看合您口味不，需要啥您自己添加。

中年汉子咻溜了一口，头也不抬，说，中，中，中。

二娃和山桃相视一笑，信心大增。接下来，越发操心。还好，一碗接一碗，没有一个顾客说孬的。

忙到天黑，两人算了算账，挣了六百块。

照这个数目，咱再干六天就能把两个人的路费挣出来。二娃掰着指头说。

第二天早上，二娃去市场上进菜；山桃在店里忙活。九点钟，饭店准时开门营业。

这一天，两个人赚了七百块。

……

到了腊月二十八，二娃和山桃已经赚了六千块钱。二娃说，山桃，咱回家是不可能了，车票估计买不到了。咱不如不回家，继续干下去，然后把账一撮儿一撮儿还清再做打算，你看如何？

中！听你的。山桃说。

就这样，二娃和山桃干了多半年，终于还清了前任老板所有的欠款。

由于两个人用心经营，口碑传了出去，饭店的生意越来越好，要关门已是不可能了，两个人也舍不得关门，于是打出广告，招聘三个小伙计，把生意往红火处弄。

报名者蜂拥而至，当其中一名站在二娃面前时，他愣住了——这个人是年前逃跑的老板！

二娃不计前嫌，收留了老板。

没过多久，饭馆的名字由"上一档烩面馆"改为"小夫妻烩面馆"。怎么回事？您自个儿琢磨去吧。

中　奖

现在有不少人，热衷于买彩票，梦想着一夜暴富。农民工茂恩就是其中的一个。茂恩中奖了吗？中了。文章读到最后，我们才知道他中的并不是金钱。

最近一段时间我发现，茂恩吃了晚饭就上街了，老半天才回来。这孩子出去干啥了？在工地上累死累活一天，夜里光想尿床，还有心逛街？购物？不像，没见他拿什么东西回来。看电影？也不可能。这孩子平时很俭省，吃根冰棍都舍不得，不会去看电影。看黄色录像？也不会，现在街面上那种玩意儿早已销声匿迹了……难道说，难道说是去找小姐了？想到这儿，我的头一下子大了。茂恩老实得三棍子敲不出一个屁，会有这胆量？再想想，也有可能，一切皆有可能。他今年二十四了，要在老家，像他这种年龄，早已经是打酱油的孩子的爹了。是个男人都有那种需求，除非功能不正常的。不行，我得说说他。跟我出来时，他爹再三对我说，茂恩这孩子实在，要多关照，挣钱不挣钱无所谓，不能出事，更不能惹事。

可是，可是，我若是直接问茂恩，他不承认怎么办？再说，这也不是什么光彩的事，嚷嚷出去，说不定还会把警察招来呢。我留了个心眼，这天晚上吃罢饭后，看到茂恩一个人又出去了。我悄悄跟在他后面，走了大约两里地，只见他走到一个卖彩票的小亭子前，原来他要买彩票！

这孩子，真是想钱想疯了，也不站在水坑前照照你那熊样，中奖能轮到你？

亭子里没有其他顾客，只有一个卖彩票的姑娘。这地方在市郊，周围都是建筑工地，民工居多，挣个钱比吃屎还难，谁会来买彩票？

茂恩上前跟小姑娘聊了一会儿，买了张彩票走了，直接回了工地。

难道这些天茂恩都是来买彩票？

这一次，我没有理会他。

第二天晚饭后，茂恩又出去了，还是去买彩票！

在回来的路上，我截住了他。我说："茂恩，你买多少？"

茂恩感到很不好意思，挠了挠头发："叔，不多，十块钱的。"

十块钱是不多，账就怕细算，一天十块，一月三百块，一年就是三千多，两头肥猪没了。我苦口婆心地劝他："买彩票是消费，不是投资。中奖的几率是几十万分之一，少之又少，低之又低。中国每年中大奖的才有几人？"

茂恩低着头不吭声。

看来我的话他是听进去了，我有了信心，继续敲打他："即便是那些中了大奖的，有几个过上幸福日子的。被誉为哈尔滨"彩王"的马洪平，曾两次中得 500 万彩票大奖，但仅仅三年时间，他买彩票陆续将奖金全部花光。为了继续买彩票，他诈骗亲友邻居 130 多万元，最后被警方抓获身陷囹圄……你知道不知道？"

茂恩还是不抬头，连个屁也不放。这下我的火气再也憋不住了，不由得提高了腔调："你今年都二十好几了，还是攒钱把媳妇娶到家里是正事……"

"叔，我以后不买了。"茂恩抬头看我一眼，又把头低下。

哼，你没错，干嘛不敢正眼看我呢？我气哼哼地走了。

没想到，我发现，过了一段时间，茂恩还是照买彩票不误。

这孩子真是没救了，难道也成了标标准准的"问题彩民"？

这天，我又拦截住了他，没容我开口，他就说："叔，我看卖彩票的姑娘可怜……"

"可怜？"我真有点哭笑不得，"你连个媳妇也找不下，谁又可怜你？"

他蚊子哼似的分辩道："叔，她一天卖不了几张。"

我不说话，盯着他，是不是脑子进水了。

"叔，她家是农村的，两个弟弟都在上大学，全靠她一个人供养……"

我再也忍不住了："她说的话你就相信？"

茂恩惊讶地看着我，好像我不是他叔似的："叔，她不会骗我的。有一次她弟弟给她要学费，老板没给她算账，她没有钱。那次咱刚好开了工资，我给她一千，她不要，我说算是借给她的，她死活不接……叔，就凭这点，我认定她没有骗我。"

榆木疙瘩！傻蛋！我气得扭头就走，发誓再也不管他了。

事后，我听说茂恩还是天天去买彩票，我正打算把这个情况给他父母反映一下，茂恩嚷嚷着请客，说他订婚了。

"订婚？对象是哪个？"我给搞糊涂了，工地上也没有大姑娘啊，有两三个妇女，但都是结了婚的。莫非是在老家订的？

到了饭店，我才知道，茂恩的对象是那个卖彩票的姑娘。

茂恩这孩子不傻，这次中大奖了！一时间，我心里感慨万分。

萤火虫

七夕到了，小玉发现，老实的大顺也会去收集萤火虫，给自己一个惊喜。后来，小玉发现，大顺收集萤火虫不是为了她，但是，她却感动得哭了。

七月七，牛郎织女鹊桥相会，一个个爱情故事也在人间上演。

磊磊来了，要带上全家人去吃宵夜。磊磊是姐姐的男友，是一家外企的总经理助理，拿年薪，虽离"高富帅"尚有一段的距离，但有车，有房，属于男人中的抢手一族。

小玉推辞不去。

姐姐恍然大悟，嗤笑道，你在等大顺吧，木头人一个，他知道今天这个日子？

妈妈也说，小玉，婚姻不是小孩子过家家，别儿戏。

小玉跟大顺来往后，全家人没有一个投赞成票的，都说大顺老实，是个打工的，苍蝇撞在墙上，一没光明，二没前途。鬼使神差，连小玉也搞不清楚，到底是大顺哪点吸引了她。

小玉打工的烩面馆离大顺打工的工地不远。有一次，大顺到烩

捡来的家

面馆吃饭。一个喝了点酒的男人在小玉的脸蛋上捏了一下，大顺正好看到，上前教训了那个男人两拳。这以后，每到饭点的时候，大顺总是出现在烩面馆。有时是吃了饭来的，就那么干坐着，傻傻的，很滑稽。

还有一次，小玉发现大顺没有要烩面，也没点菜，而是把其他客人吃剩的饭菜给扒拉扒拉吃了。当时，小玉惊讶地张大嘴巴，仿佛大顺是个要饭花子。大顺没有不好意思，告诉小玉说，不吃倒掉可惜了，同时还不花一分钱……

总之，大顺怪怪的，很另类。就是这么个怪怪的人，另类的人，一来二去，两个人就黏糊上了，就好上了。

伟杰带着姐姐他们走了。小玉莫名地松了一口气。

月奶奶升起来了，挂在天边，饱满而又明亮，似乎注意到了窗前的小玉，调皮地问她：小玉，在等大顺吗？不知羞。小玉呢，似乎听到了月奶奶的调侃，忙转过身来。不错，她在等大顺，一方面盼着大顺早一点来到，一方面又怕他来。大顺会给自己带什么呢，是衣服，还是鞋子？是钻戒，还是玫瑰？又一想，不可能，姐姐说得没错，大顺太实在，不会这么浪漫的。他知道今天这个特殊的日子吗？他会来吗？

一阵"最炫民族风"的音乐响起，手机短信，是大顺发来的：小玉，我晚点儿到！

小玉心里彻底松了口气。她走出家门，来到了大街上。空气中弥漫着一股浓洌的花香，飘散着爱情的味道。她贪婪地嗅着，玫瑰花的味道真的很好闻。眼前不断闪过勾肩搭背、偶偶私语的靓男俊女，女的手里捧着鲜艳的玫瑰，一脸的甜蜜；有的手里提着一盏小灯笼，里面装的是萤火虫，据说是从乡下买来的……这年头，萤火虫也成了有情男女表白的利器。没吃过猪肉，没见过猪走？大顺也不是实心眼，知道该怎么做。

看到街头出双入对的情景，小玉心里有着苦苦的、涩涩的感觉。她抬起头，天上繁星闪烁，一道白茫茫的银河横贯南北，银河的东西两岸，各有一颗闪亮的星星，隔河相望，遥遥相对，那就是牵牛星和织女星了。喜鹊还没飞上天给他们搭桥吗？不知为何，小玉的鼻子酸酸的，眼角潮潮的。

不只是家人，就连要好的朋友、姐妹，都说大顺穷，不说买车子，房子也买不起。是啊，现在这年头，人都很现实，爱情都可以买卖。

已经晚上十点了，大顺还没有出现。磊磊已经把姐姐他们送回来了，临下车的时候，小玉看到磊磊从车里捧出一大束红玫瑰送到姐姐怀里，把姐姐的脸都映红了。

大顺的短信来了：小玉，我在收集萤火虫。

萤火虫？！谁说大顺老实，这不也挺浪漫的吗。大顺要干什么，把萤火虫收集起来装在瓶子里送给自己？小时候，每到夏秋季节去乡下的姥姥家，一到晚上，到处飞舞着萤火虫，这儿一只，那儿一只，像是流动的小星星。她跟着村里的孩子们追逐着萤火虫，一边跑一边唱："萤火虫，到俺家。俺家有个大西瓜，够你吃，够你拿……"这几年，再去姥姥家时，发现萤火虫越来越少了，会唱那首童谣的孩子几乎没有了。

又等了一个小时，大顺气喘吁吁地来了。

小玉发现，大顺两手空空，手里什么也没有。

顺着小玉的目光，大顺意识到了什么，摊开自己的双手："小玉，我把萤火虫快递寄回乡下老家了……"

小玉一脸的茫然。

大顺忙结结巴巴地解释："它们也是一条条命，寄回去让爹娘帮着放生，城里不是它们待的地方。小玉，我把钱都用来买那些男孩女孩手里的萤火虫了，也没给你买啥。我、我……"

小玉的心里暖暖的，想给大顺个笑，脸上却一下子淌出了盈盈泪光。

爱情红绿灯

爱情红绿灯，信号到底灵不灵，是不是该走就走，该停就得停……爱情真是一个让人搞不懂的东西。郭蓉以为在自己最困难的时候帮助自己的是郑勇，结果却是自己一直持有反感情绪的王玮。

郭蓉经营的化妆品公司因为缺乏经验，进货不慎，造成了一起质量事故，导致顾客容貌差点被毁，经过媒体炒作后，迫于舆论的压力，不得不关门了。

郭蓉不甘心，想东山再起，离开这伤心之地到外地去发展。可是，钱呢？她大学毕业两年不到，没有一点积累，开这家公司还是贷的款，刚把贷款还清，就出了事故，赔偿了顾客的损失后，还欠下了一些债务。她的父母在农村，能供她把大学上完已经很不错了，没来得及孝顺他们，咋好意思向他们开口呢？而且他们也没有钱。

郭蓉打算跟朋友借一下。很多人都喜欢锦上添花。这话不假。在郭蓉的公司正常运转的时候，她的身边围着不少的姐儿们哥儿们，经常聚会不说，每天电话、短信、网络，废话多于正事。现在倒好，一个个比兔子溜得还快，有时一天一个电话没有，一个短信不见。郭蓉就主动打电话联系，有的是拒接，有的说在外地，有的不等郭蓉开口，就可怜巴巴地说自己也遭遇了经济危机……好像她郭蓉是一泡臭狗屎，都不愿沾惹。

这时候，王玮突然出现了。王玮是郭蓉的大学同学，上了四年大学，追了郭蓉整整四年。请吃饭，可以，郭蓉带上全宿舍的人；送鲜花，接收，转身送给管宿舍的阿姨；送礼物，拿下，随后送给贫困生……王玮不管这些，请吃饭、送鲜花、送礼物一样不落，每天短信不断，一天能发十多条，什么"留一道特别的风景给你，在我眼里；留一丝特别的思念给你，在我脑海里；在有风的日子，我叮嘱风儿，让风替我亲吻你；在有阳光的日子，让阳光替我问候你；在有雨的日子，让雨替我祝福你；我只想告诉你，我的生命里不能没有你！"之类的，非常多。郭蓉铁石心肠，不为所动。她对别人说，我对王玮没有一点触电的感觉，怎么可能去爱呢？

不能说王玮不痴情，即便是毕业后各奔西东，他的电话、短信一直没断。当然，内容变得含蓄多了，如"思念的心伴随你左右，祝福的情如溪水流，问候的心跟着你走，关怀的情永不休。留一个特别的座位给你，在我怀里"。郭蓉呢，依然对王玮不温不火的。

王玮的突然出现，对郭蓉来说，不啻于雪中送炭。王玮说："郭蓉，别折腾了，到我的公司里干吧，工作随你挑，工资随你要。"王玮弄了个广告公司，承揽了当地百分之六十的市场份额，业绩很是让人瞩目。

郭蓉淡淡一笑，说："我不想寄人篱下。"

王玮说："你还想自己干？非碰得头破血流才罢手？算了，一个女人要在社会上混，没有三头六臂是不行的……"

郭蓉打断王玮的话，眉毛一挑，说："我就是要证明女人可以跟男人一样！"

王玮说："好，既然你主意已定，你就干吧。需要资金我支持，要多少？"

捡来的家

郭蓉想了想，说道："谢谢你的好意，郑勇答应借我了。"

"郑勇？"王玮叹口气，转身坐上车，一溜烟走了。

郑勇也是他们的大学同学。郭蓉一直暗恋着他。请他吃饭，约他看电影，给他发暧昧的短信，可是，郑勇好像对郭蓉释放的信号没有反应，或者说反应冷淡，像是一个不懂爱情是何物的白痴。气得郭蓉骂他木乃伊。毕业后，郑勇也开了一家做电子商务的公司，生意做得红红火火的。得知他也没找女朋友，郭蓉常常给他打电话聊天，有时去他的公司喝茶。郑勇对她若即若离，或者说是不远不近。

王玮灰溜溜走后，郭蓉就打的直奔郑勇的公司。还好，郑勇在办公室。

寒暄一番之后，郭蓉就提出借钱的意思。

郑勇很爽快地答应了："好，你说个数字吧？"

"100 万。"

"没问题，你明天上午来这里取。"

……

第二天，郭蓉就去郑勇那里取了 100 万。

郑勇说："当你还钱的时候，我会告诉给你一个秘密。"

看着郑勇狡黠的样子，郭蓉心里暗喜：等到她还钱那一天，他要向自己求爱！

有了这 100 万，郭蓉很快就到北京闯荡了。为了排除一切干扰，郭蓉把手机号码也换了，跟过去那些狐朋狗友拜拜了，包括王玮，甚至还有郑勇。三年后，当郭蓉带上支票去见郑勇时，无意中得知郑勇已经结婚了。

郭蓉感到很是不解，恨恨地说："那、那你为什么很爽快地把钱借给我，仅仅是因为我们是同学关系？你说的秘密又是什么呢？"

郑勇委屈地说："那 100 万是王玮的，是当初他承诺给你的，他不让我告诉你……"

"王玮？怎么回事啊？"郭蓉一下子懵了。

郑勇说："王玮现在还是单身。郭蓉，我看你俩挺合适的，你为什么不理睬人家呢？他一直对于情有独钟……"

看着郑勇的嘴巴一开一合，郭蓉的耳朵里回响的是这一年流行的《爱情红绿灯》：爱情红绿灯／信号到底灵不灵／是不是该走就走／该停就得停……

野三坡传奇

故事里的事也许是真事，故事的里事也许是从来没有的事，其实故事本来就是故事。《野三坡传奇》给这段文字一个很好的诠释。

明明大学毕业后，在城里找了份工作。没想到，他租住的房子是老房子，因线路老化，半夜里突起大火，他不幸被火烧伤。虽说治愈后，面部给整了容，还是跟本来面目有所区别，红红的疤痕凸凹不平很是显眼。今后怎么工作？怎么找女朋友？明明的心里乱糟糟的。他整天躲在家里，大门不出二门不迈，静静地坐在那里，一坐就是几个小时，话也很少，也没个笑脸……看到明明这样，桂娟心里酸酸的，苦苦的，很不是滋味。

这天，桂娟从电视上得知野三坡景区获得国家 AAAAA 级景区称号，灵机一动，打算带明明到野三坡去玩两天。

主意已定，桂娟便竭力动员明明："儿子，野三坡景区不错，是天然的植物园和野生动物王国；有大龙门城堡，明代内长城；狼

捡来的家

牙山五壮士的故事就发生在那里；红歌《没有共产党就没有新中国》也是在那里诞生的……哎呀，多了，这个景点有'世外桃源'之称。咋样儿子，去吧？妈妈也想去那里看看呢。"

说实话，明明哪儿也不想去。他不敢迎接妈妈那可怜巴巴的目光，可是，当他看到妈妈头上黑白相间的头发时，心里一颤，眼泪差点流出来，记得先前妈妈头上是没有白发的，想必是自己出事后，妈妈给操劳的……想到这儿，明明努力笑了一下，答应陪妈妈一起去野三坡。

来到野三坡，母子两人就住在如意岭下的度假村。这个度假村旁边就是拒马河。河水清澈见底，河滩处细沙漫漫，可以看到三三两两的鱼儿在嬉戏。当个鱼儿多好啊，自由自在，无拘无束，没有人在乎你的模样，没有人对你说三道四……明明低头看着河里游动的鱼儿出神。

桂娟紧挨着明明坐下，柔声说道："儿子，你知道吗，这条拒马河还有个美丽的传说呢。"说罢，不待明明开口，桂娟就絮絮叨叨讲开了：

很久以前，如意岭上住着一个名叫李小瘦的小伙。他自小父母双亡，独自一人过日子，以打柴为生。他长得身材瘦小，相貌丑陋，外号叫"鬼见愁"。他每天打柴要经过一个神女庙，歇息的时候就去庙里祈祷，让神女可怜他。他说我不嫌自己长得丑，就是怕吓着别人。一天早晨，小瘦准备上山打柴。刚出门口，只见急匆匆跑来一个陌生的年轻女子。小瘦急忙捂住自己的脸，他怕自己的相貌吓坏那陌生女子。那女子到他跟前停了下来，对他说："大哥，快救救我吧！"小瘦说："你是谁？为什么求救于我？"女子含泪说道："我是山那边的，有人要加害于我，故而逃出家中。求大哥救我。"小瘦听罢，从手指缝里朝远处望去，影影绰绰的果见一伙人朝这边追来。小瘦便设法救了这个姑娘。姑娘说："早就闻知大哥人丑心美，今日相会果真如此。"随后，姑娘又请小瘦从拒马河里勺来了一盆水。姑娘洗罢脸完，对小瘦说："多谢大哥救命之恩，这盆水就作为酬谢吧！"话刚说完，一阵轻风不见了踪影。小瘦觉得奇怪，这女子是什么人，莫非是神仙？他再去看那盆洗脸水时，只觉得有一股特殊的清香沁人心脾，他禁不住用手捧了一点水往脸上一抹，觉得很滋润，便索性洗起脸来，这一洗竟然变成个容光焕发的美男子……

桂娟讲到这里，说孩子，神仙为什么愿意帮助小瘦，就因为他心地善良。一个人的美丑不在外表……

至此，明明才知道妈妈带自己来野三坡的苦心，心里就更加自责和愧疚，不待妈妈把话说完，他就长舒一口气，笑着说，妈，您别说了……咱还是看景吧，野三坡这么好的地方不好好看看太可惜了。

桂娟看到儿子脸上久违的笑容，心里一下子亮堂了不少。桂娟说，可惜山上那个神女庙没有了，要不我也去拜拜神女，让她帮帮你。桂娟的话音刚落，便听到"有人掉河了！有人掉河了！"的惊呼声。闻声望去，他们看到岸边一个女孩失足掉进了拒马河。女孩掉下去的地方离他们不远。没等桂娟明白过来，只见明明疯一般跑过去，纵身跳进了河里。

"儿子，你不会游泳啊！快来人啊，快来人啊……"桂娟失声叫道。

女孩失足的地方离岸边不远。明明很快就"游"到了女孩身边，使尽自己全身力气一点一点把女孩往岸边推……桂娟伸手拉住了女孩，这时，一个漩涡打来，转眼明明就被水给吞没了。桂娟下意识地跳进河里要救儿子，她的前脚刚踏出去，被赶来的一位游客拉住了。桂娟挣扎着叫道："别拉我，我要救我儿子。"

正当明明在河里一沉一浮地挣扎的时候，从游船上和岸边纷纷跳河救人的几位游客和工作人员很快游到了明明身边，七手八脚把他救上了岸。

随后，明明和落水的姑娘都被送到了医院。幸运的是，经过医生的全力抢救，两个人都脱离了生命危险。

女孩是因为失恋，一时想不开才跳河自尽的。

后来，明明和女孩成了无话不说的好朋友，合伙开了一家服装店，生意很是火爆。

此事传开后，都说是野三坡的神女显灵了。明明和女孩闻听此话，相视一笑。不过，闲暇之余，两个人倒是往野三坡跑得更勤了。

梅　花

幸福小区家家户户都不锁门，一个中年妇女却随意出入。新来的小保安吓坏了。

我来到幸福小区当保安不久，就发现了一个严重的问题：这个小区是老建筑，家家户户装的都还是老式门，用的依然是挂锁。这怎么行，该换上防盗门了，要知道挂锁是很容易出事的。真是痒处有虱，怕出有鬼。没等我来得及提醒大家，就出现了异常情况。

这一天，早上七点过后，大门口就热闹起来：上班的，上学的，买菜的，晨练的……有的开着车，有的骑着摩托，有的骑着自行车，还有步行的，等到潮水似的车流人流消失后，我在小区楼层外围转了一圈，没有发现什么特殊情况，才又回到工作岗位上。

天阴沉沉的，紧接着，风来了，雨也来了。这鬼天气，最容易出事。阿弥陀佛，千万别出事，要不我的饭碗就砸了。

小区里几乎没有多少人了，我不敢怠慢，两眼紧盯着监视器。呵呵，虽然是老建筑，监控设施倒做得挺到位。谢天谢地，要知道，这可省了我这个小保安不少心呢。大约九点钟的时候，忽然，我从监视探头里发现二号楼一单元东边的住户，确切地说是一位中年妇女，五十刚出头那样子，她出门后，没有往单元外面走，而是一步一步上了三楼。她打开东户人家的铁门，直接进去了。难道这户人家的门没有锁？没见她掏出钥匙打开啊？

过了二十多分钟，这位中年妇女出来了，把门带上，她没有往楼下走，而是上了四楼，还是顺手打开了西户人家的铁门。呵呵，难道这户人家的门也没锁？还是她有不凡身手或是有万能钥匙？

大约半个小时后，中年妇女走了出来，然后带上门下楼了。

中年妇女没有回家，而是冒雨去了二单元二楼东户，还是直接拉开了门！也是二十多分钟后才出门！

我两眼紧紧盯着中年妇女，发现她的手里提着一个鼓囊囊的袋子！难道她是小偷，是偷东西的？也是，这样风雨交加的天气，正是不法分子做案的好时机。

中年妇女下楼后，再没有去别的地方，一溜小跑直接回家了。

我拿起电话要打110，犹豫了一下又放下，打算自己破这个案子，出一回名，当一回英雄！我到那些住户人家看了看，发现他们的锁竟然都没有锁上！这些挂锁一律都是梅花锁，而且没有被破坏的痕迹。梅花锁不错啊，我家里用的就是——我家是农村的，家家户户的大门上用的都是挂锁。我周围的邻居用的也都是梅花锁，从来没有出过什么问题。是这位中年妇女打开后忘了锁，还是住户压根就没锁？

捡来的家

下午五点过后，小区门口又热闹起来，上班的回来了，上学的回来了……

我等着那些住户来找我，可是，我等到晚上八点，而且，看到那些被打开门的住户家里都亮起了灯，也没有一个人来报案！难道是他们家里没丢东西？不对啊，如果前两户家里没丢东西，中年妇女从二单元二楼东户出来时，手里明明拿着一包东西吗？！

我决定放长线钓大鱼，暂且不声张，等等再看。但是，过了五分钟，我就坐不住了，打算亲自到那些住户家里看看。

我先去了一单元三楼东户。这家住的一对小夫妻。我的到来让他们感到意外。我先做了一番自我介绍，然后问道，你们的父母在这个单元住吗？他们两个狐疑地对望一眼，然后摇了摇头。我说你们的挂锁是不是有问题？他们两个再次摇了摇头。我问你们家丢什么东西没有。小夫妻两个四下看了看，说没有啊。没等我再往下说，男主人似乎明白过来，噗嗤一笑，忙说，你是说梅花婶吗？她是我们的楼长。上午起风了，我家的窗户没关，她给我们关上了。

那个中年妇女叫梅花，是楼长？她是不是住二号楼一单元东边？我确认后，庆幸自己没有鲁莽。

女主人不好意思一笑，忙解释说，这个小区治安好，大门一般都没锁过。再说，在这个小区住的都是社会上最底层的人群，家里也没有什么值钱的东西，锁什么？我们两个马虎，有时候忘了关灯，有时候忘了关窗户……有时候不等我们给梅花婶打电话，她就主动去做了，就好像今天。

我又去了一单元四楼西户。这是一对老年夫妻。老两口身体不好，子女都在外边，他们的家务都是梅花给做的。今天上午，他们两口子去医院了，梅花过来把地板拖了拖，碗筷刷了刷。

最后，我去了二单元二楼东户。东户住的是一个老大爷。通过交谈，我知道老大爷孤身一人，不愿意去养老院给政府增添负担，就在街上给人算卦为生。梅花经常来帮他做家务，今天把他的几件衣服拿回去缝补了……

怎么会是这样？我叹口气。但是，但是，门不上锁，让一个外人自由进出，让人感觉怪怪的。

老大爷似乎知道我的心思，感慨地说，孩子，锁能锁住门窗，但锁不住人的心呐！如果是好人，不用锁也没事，如果是孬人，再好的锁也没用。

我出了二号楼，发现不知道什么时候风停了，雨住了，云彩也消散了，一轮明月皎洁地挂在幸福小区的上空。

拯　救

2008 年 5 月 12 日，对所有中国人来说，是个黑色的日子。一场地震造成上万人遇难，毁了无数家庭……灾难发生后，张槐和大家一样，伸出援助之手，给遭受灾难的汶川人以温暖。后来张槐才发现，是他拯救了他自己。

汶川地震后，看到那么多人捐钱捐物，张槐跟妻子一商量，把家里仅有的五百多元全给捐了。这五百多元，最大的面值 20 元，最小的是 1 元的硬币，都是他一点一滴挣来的，说句良心话，每一张上面都沾有他的汗水。他是一个捡破烂的，家里有个瘫痪在床的妻子，平时攒点钱都给妻子看病买药了。张槐觉得五百多元太少了，想再捐点衣物，可是家里多年也没添置衣服了，大多是左邻右舍给他们

捡来的家

的过时的衣服，眼下他身上穿的上衣还是一次从垃圾桶捡来的呢。再为这次灾难干点什么心里才踏实呢？

看到街头临时成立的献血点，张槐眼睛一亮，心想我别的没有，我身上有血啊。他没再犹豫，也没回去跟妻子商量，就走上前排在长长的队伍后面。想一想，张槐感觉挺自豪的，他的血不是 A 型，也不是 B 型，也不是 O 型，属于 RH 阴型血，非常稀有的血型，因为极其罕见，被称为"熊猫血"。呵呵，熊猫血型，有这种血型的人极少极少。又想，不对，早上起来没有吃早饭，血的质量肯定不好。想到这里，张槐就从队伍里撤出来，转身跑到附近的商店买了一包牛奶、一根火腿肠、一个鸡蛋、一个面包，然后蹲在一边吃起来。也许是饿了，也许是献血心切。他狼吞虎咽，三下五除二就解决了问题。等到所有东西下了肚，他咂吧了两下嘴，后悔自己吃得太快了，连哪种东西什么味道也没认真品出来——火腿肠是第一次吃，牛奶是第一次喝，面包是第一次吃，平时有好心人送，他都仅着妻子一个人吃了……嗨，算了，还是赶紧献血吧。

等到了跟前，张槐挽起袖子，没等医护人员问他，他就大声说道："我是 RH 阴型血！"医护人员"嗬"了一声，笑着说："熊猫血！"周围的人都用惊讶、羡慕的眼光看着张槐。那一刻，张槐感到很骄傲，很光荣。医护人员问他："大叔，献多少？"张槐问道："随便抽吧，我身体棒着哩。"说吧，他用一只手使劲捶打了自己的胸脯几下。

围观的人都善意地笑了。医护人员解释道："大叔，一次可以献 200 毫升、300 毫升、400 毫升，你选多少毫升的？"

张槐头一扬，豪气地说："当然是 400 毫升！"

在医护人员给他抽血的过程中，张槐问道："你们明天还能来吗？我还来献。"

医护人员告诉张槐，说这可不行，专业上有严格规定的，献一次血中间至少间隔六个月。

张槐就有点失望，叹道："那我就六个月后再献。"

等到医护人员给张槐抽罢血，给了他一袋牛奶和一个面包，让他补充一下营养。张槐接过来，没舍得吃，装到口袋里给妻子捎回去了。

半个月后的一天，张槐背着个编织袋在街上转悠。他的两眼紧紧盯着地面，不放过任何一个旮旯角落。看到一个矿泉水瓶他就赶紧捡起来，若是里面的水没有喝完，他就旋开盖子，仰脸倒进口中……

忽然，一个小女孩的气球滚到马路中间，她跑过去捡，没提防一个小汽车飞奔而来，眼看着就要撞上小女孩，张槐一个箭步冲过去，把小女孩推到一边。尽管司机紧急刹车，还是撞上了张槐。张槐昏倒了，一条腿鲜血直流！

随后，张槐被紧急送到医院，经过医生诊断，张槐的大腿骨折。由于失血偏多，急需血液。得知他是 RH 阴型血，在场的医生护士都大惊失色，因为这种血液非常少见，平时血库里面几乎没有。

所幸的是，血库中心反馈过来信息，血库只有一袋 400 毫升的 RH 阴型血，是半个月前一个志愿者献的。

就是这一袋血浆，挽回了张槐的生命。在张槐住院期间，当地群众知道张槐英勇救人的壮举。纷纷到医院探望他，给他送钱送水果送鲜花……有一家企业的老板当场许诺，等张槐出院后，聘请张槐到他的企业当门卫。弄得张槐眼泪花花的，都不知道说什么好。

张槐的伤好后，他没有去那家公司上班，他腿有点残疾，说当门卫不合适，还是收破烂自由自在，无拘无束。

此后每半年张槐都要献一次血。他对妻子说："看似献血拯救他人，说不定救的就是自己！"

铁拐李

真的有"铁拐李"吗？有，小杨华就是"铁拐李"转世。老师是这样说的，小朋友们是这样说的，家长们也是这样说的。

杨华一岁的时候，不幸得了小儿麻痹，虽然及时就诊，还是留下了后遗症，走起路来趔趄着，手舞足蹈的样子。

当杨华长到两岁多的时候，他才发觉自己跟别的孩子不一样，而且别的孩子看他的眼光都是怪怪的，充满了好奇。而且，同院的孩子都不愿意跟他一起玩耍，有的甚至还一边嗤嗤地笑着，一边模仿他走路。

杨华渐渐变得孤独、自卑了。妈妈再带他出门时，他就不愿意去了。那天，妈妈就跟杨华讲了一个故事：说八仙中的铁拐李得道成仙后，因为要受仙界的约束，很不自由，因此虽为神仙，不但不高兴，反而很焦虑，这是因为他医术高明，世上还有那么多病人等着他救治呢？怎么办？他就转世投胎到一户人家，让这孩子长大后继承他的心愿，实现他的愿望……

杨华很聪明，没等妈妈讲完，就抢先说道："妈妈，我是不是就是铁拐李变来的那个孩子？"

妈妈高兴极了，一把把杨华揽到怀里，动情地说："孩子，你真聪明……"

杨华仰脸去看妈妈，发现妈妈的眼角渗出了泪水，于是忙问："妈妈，您怎么啦？"

妈妈说："上天把你赐给了妈妈，妈妈高兴啊。"

后来，妈妈只要闲下来，就给杨华讲铁拐李的故事，播放铁拐李的碟片。看到电视上的铁拐李快乐风趣、聪明智慧，杨华渐渐喜欢上了铁拐李，也慢慢变得活泼开朗了。

杨华上幼儿园那一天，在做自我介绍的时候，面对小朋友们诧异的目光，杨华就骄傲地宣布："我与小朋友们不一样，有一个小秘密。"

阿姨笑眯眯地鼓励他："杨华，小秘密是什么吗？能不能跟咱们的小朋友们说一说啊？"

杨华头一扬，自豪地说："妈妈说，我是铁拐李转世！"

小朋友们都愣住了。幸亏他们还都是孩子，还不知道这是个谎言，否则还不乐翻了天？阿姨见状，微笑着大声说道："杨华说的没错！很久以前有八个神仙，个个都有绝招，都很厉害。铁拐李排在八仙之首，是大家喜爱的一位神仙，他精专于药理，并炼得专治风湿骨痛之药膏，恩泽乡里，普救众生，深得百姓拥戴，被封'药王'……我也听说他投胎转世变成了人，没想到是咱们小杨华！欢迎杨华小朋友的到来！"说罢，阿姨率先鼓起了掌。

在场的小朋友也都使劲拍起了小巴掌，他们的眼神里也充满了神奇和羡慕。

从此，在幼儿园里，阿姨和小朋友们都喜欢杨华，都乐意跟他一起玩，因为他不同凡响，有的甚至还抱怨自己长得太普通了。

到了上小学的时候，老师也同意妈妈的说法，还说人有古怪相貌，必有出奇本领，杨华将来肯定是一个身怀绝技的医生！

听了老师的话，杨华学习很努力，成绩在班里一直名列前茅。因为他与众不同，他将来要济世救人的，功课上不去怎么行？而且也会让同学笑话的！

由于杨华的勤奋好学，门门功课都很优秀，一直从小学、初中读到了大学，而且学的是医学专科。

杨华毕业到当地一家医院上班那天，特意在饭店订了一桌，在座的有他的妈妈，幼儿园的阿姨，小学的老师……吃饭前，杨华深深给大家鞠了一躬，尽管不是那么标准，大家还是泪花闪闪，报以热烈的掌声。

没等杨华说话，幼儿园的阿姨说："杨华，你最要感谢的是你妈妈，不仅仅是她养育了你……当初是她先到学校，央告我帮她圆她的谎言，而且她还到每一个小朋友的家里，请他们的爸爸妈妈替她维护这个谎言。"

小学的老师也说："对，在你没到学校之前，是你妈妈恳请我给你鼓励。"

……

看着五十不到的妈妈竟满头的白发，杨华张了张嘴，想要说什么，眼里的泪一下子涌了出来。

这是一个真实的故事。杨华是我的一个网友，网名就叫"铁拐李"。

爱

古今中外，感人至深的爱情故事枚不胜举，至今仍在上演。在《爱》中，阿卓和王平原是一对恋人，王平去世后，阿卓难以忘怀。后来，她发现了王平的日记本里出现了一个名叫晓晓的女孩。

阿卓和王平相恋了三年，月前花下，海誓山盟，黏糊着呢。在他们打算结婚到医院例行体检的时候，王平被检查出患有胃癌。

如晴天霹雳，一下子把两个人击垮了。

尽管王平积极配合医生治疗，不到半年，病情还是急剧恶化，终于走了。

阿卓整天以泪洗面，伤心欲绝。上班无精打采，吃不下饭，睡不好觉，短短半个月，就瘦了十几斤。命运怎么如此对待她呢？每时每刻，脑子里都是王平的影子，笑容犹在眼前，话语仿佛还在耳边。记得那一次，下着大雨，她感冒发烧，是王平背着她冒雨送到了医院。记得那一次，天降大雪，两个人去郊外浪漫，一只野狗扑向阿卓，是王平赤手空拳与野狗搏斗，最后野狗被赶跑了，他的羽绒服被咬烂了，胳膊上也被咬掉了两块肉，鲜血把雪地上染红了。阿卓哭起来。王平却笑着说，你看看，像是雪地上盛开的梅花，多好看……想起王平对她的好，想到此生再也见不到王平，阿卓心如刀绞，万念俱灰，连死的心思都有了。

这时候，小华来了。小华是阿卓和王平的朋友，是那种无话不说的好朋友。小华劝阿卓："阿卓，别伤心了……"

阿卓说："没有了他，我能不伤心吗？"说着话，眼里的泪又滚了出来。

小华说："阿卓，实话给你说，王平不值得你爱。"

阿卓瞪大眼睛瞅着小华，不相信这话是从他嘴里说出来。

小华说："王平为什么迟迟不跟你结婚，就是因为他心里有另外一个女孩，她叫晓晓……"

阿卓竭斯底里地叫道："晓晓？不，不可能的事。"她不相信王平会变心，王平那么爱他，她那么爱王平，怎么可能呢？！

小华迟疑了一下，就从包里拿出一个精美的笔记本，说："阿卓，这是王平给我的，他让我交给晓晓。我看你这么伤心，不想让你一直蒙在鼓里，就先给你拿来了……"

阿卓接过来，翻了两下，狠狠摔到地上，然后捂着脸呜呜哭起来。

小华又劝说了几句，走了。

阿卓冷静下来之后，从地上捡起日记本，又慢慢看起来：

晓晓，今天是情人节，收到我送的花了吧？祝你开心快乐！请原谅，我今天不能跟你在一起。

2010 年 2 月 14 日

晓晓，我爱你！你在他乡还好吗？我跟阿卓在一起，简直度日如年。为了不痛苦，我就把她当作你了。她很高兴，以为我爱的是她。

2011 年 1 月 6 日

晓晓，昨天晚上跟你在一起我很开心。看得出，你也很开心。明年的生日我还给你过。虽然有时也跟阿卓在一起，我是身在曹营心在汉，心里还是想的你。

2011 年 8 月 5 日

……

阿卓看不下去了，忽然，从日记本里翻出一张照片，是一张男女合影照，男的是王平，女的阿卓不认识，肯定是晓晓！

阿卓这才信以为真。

后来，小华就经常来找阿卓，聊天，逛街，看电影，爬山……一来二去，阿卓渐渐变得开心了，又回到过去那个爱说爱笑的阿卓。

再后来，小华就跟阿卓结婚了

好多年后的一个清明节，小华来到王平的墓前，当他把花摆上，酒倒上，忽然发现阿卓手捧着一束鲜花也来了。

小华不知道怎么才好。

阿卓说："小华，你不该瞒着我……"

小华没办法，只得说了实话："王平在临终前几天，他就赶写了那本日记。他说，一旦他走后，你若能很快从失去他的阴影里走出来，就不把日记本给你；如果他走后你很伤心，就让我把笔记本给你……"

阿卓说："你把笔记本给我没几天，我就发现了破绽，日记是从 2010 年 2 月写的，本子是 2013 年 2 月印制的。那张照片我去找专家看了，是合成的！"

"那你……"小华欲言又止。

阿卓淡淡一笑："王平那样做，不就希望我开心快乐吗？如果我还是一味地伤心，沉浸在悲痛之中，他在九泉之下会瞑目吗？"

保　姆

当我们读了文章的前半部分，会以为朱婶是个保姆，侍候赵大娘的。实则不然，赵大娘原来是到朱婶家当保姆的，不料，突然犯病，生活不能自理。本是主人身份的朱婶就承担成照顾赵大娘的角色。

还不到五点，朱婶就起床了，做好一家老小的饭菜，然后给赵大娘穿衣服，帮她上厕所、洗漱，再喂她吃饭。这些说起来简单，做起来一点也不简单。譬如赵大娘解手，朱婶得搀扶着她一步一步走到卫生间，让她歪在自己的肩上，把她的裤带解开，裤子褪下，然后扶着她坐在马桶上，忍受着那种大家都熟知的味道，有时赵大娘大便干结，朱婶还得亲自下手一点一点地往外掏，最后再用手纸给赵大娘擦屁股……等于说，赵大娘的手几乎失去了功能，都是朱婶在帮她做。赵大娘中风了，生活起居很是不方便，大事小事都是朱

捡来的家

婶照顾。隔上一星期，朱婶还要给赵大娘全身擦洗一下。医生说，赵大娘得病这么久，身上一块褥疮也没有，真是个奇迹。

待到赵大娘吃过饭，朱婶把电视打开，调到中央 11 频道，赵大娘爱看戏。

然后，朱婶自己才去吃饭。家务做完，已是上午九点。往窗外瞄一眼，太阳出来了，也没有风。朱婶把赵大娘搬到轮椅上，将她推到楼下小广场，自己又拐到公爹那儿了，看看老人家那边有事没有。

公爹也是七十好几的人了，腿脚不是十分灵便，也需要人照顾了。丈夫要养活一家人的吃喝，那点退休工资根本就是杯水车薪，只好到一个小区当保安，虽说当保安白天黑夜连轴转，一个月只有两千来块钱，挣一点是一点；朱婶自己呢，要照顾赵大娘，这样一来，公爹只有"自食其力"了。好在公爹胳膊腿还能动，知道家里的情况，能干的自己都干了。尽管这样，朱婶不敢大意，每天跑上几趟，担心老人有个闪失。

公爹已经吃过饭了，正准备吃药。公爹说："没啥事，不用来回跑。"朱婶心里一热，说："没事的。我年轻嘛。"说罢，朱婶心里感慨，自己已经是土埋到脖子的人了，也不年轻了，一天下来，晚上躺到床上身体像散了架，动都不想动。

看到碗筷没有洗，朱婶便挽起袖子，打开水龙头，挤一点洗洁精，"哗哗哗"洗起来。之后又去揉搓昨天泡在盆里的衣服……忙活完，已十点多了。朱婶不敢多待，返回广场，看看赵大娘渴不渴，解手不解，最后再去市场上买菜，回家做饭。

赵大娘的儿子明明大学毕业了，今天回来。朱婶特意多做了两个菜，一个红烧肉，一个清炖鲤鱼。朱婶平时没少做鱼。医生说，多吃鱼对恢复赵大娘的身体有好处。

明明进了家门，一眼看到轮椅上的赵大娘，他瞪大眼睛，失声叫道："妈，您、您这是怎么啦？"

赵大娘支支吾吾，听不清说的是什么。

"阿姨，我妈怎么啦？"明明看了看一旁欲言又止的朱婶。

明明是个单亲家庭，自从上了大学后，就没回来过，他知道家里困难，假期就在城里打工，第一年生活费每月母亲寄 1000 元，后来在他的坚持下，改成了 500 元。

至此，朱婶只得说了实话："你妈中风了。"

"我妈不是来你家当保姆吗？怎么中风了？什么时间中风的？"明明一连串的疑问。

朱婶说："你妈来到我家半年，也就是你上大学的第二年就犯病了……"赵大娘本来是来她家照顾她公爹的，没想到自己却倒下了。

明明这才恍然明白，怪不得他每次打妈妈的手机，都是朱婶接的电话。明明说："阿姨，这么说，我每月的生活费也是您寄的？"

朱婶点了点头。

明明拉着妈妈的手，感觉妈妈在用力"握"或者说"捏"自己的手。妈妈看着朱婶，哇哇说着，两只眼角挂着两条泪水。显然，她是在证实朱婶的说法，也是在表达自己的感激之情。

顺着妈妈的目光，看到朱婶佝偻的腰，雪白的头发，明明眼里的泪一下子奔涌而出。

找女婿

丽娟找了当医生的张阳阳作男朋友。可是，张阳阳却死板，不收红包。丽娟的老妈老爸便不高兴了，说这样的女婿不行。没过多久，

捡来的家

丽娟在下班途中被一辆车蹭了一下。老爸老妈的意见达到了空前一致：到市医院找张阳阳！老爸说，张阳阳不收红包，医术又高明，这样的医生放心。

丽娟今年28了尚待字闺中，老爸老妈着急得不得了。找女婿不同于找蛐蛐，不单单是运气的问题，不是着急就能解决问题的。按说，这种事只要两厢情愿就OK了，到了丽娟这里就不行。她相中了，老爸老妈也得相中，这样才允许她谈；有的是老爸老妈看上了，丽娟看不上；有的丽娟很满意，老爸也感觉不错，老妈却死活不愿意……丽娟相了N次亲，一次也没有成。

丽娟的闺蜜小娜又给她介绍了一个，是市医院的医生，骨科的主治医师，张阳阳。丽娟接触了张阳阳几次，感觉这孩儿还可以。一米八的块儿头，不敢说帅呆了，酷毙了，起码看着还顺眼，举手投足文文静静的，一股书生气，这正是丽娟心目中的白马王子。而且，张阳阳的"硬件"也不错，父母都是公务员，家里有车，有房，还带个小车库。

丽娟把情况摸清楚后，给老爸老妈做了汇报，满以为他们会赞成的。

老爸说，丽娟，这是一辈子的事，不能马虎。

老妈说，当年你爸说一见我就激动，心里就怦怦直跳。我不相信，他让我摸摸他的胸口，还真是。你猜咋？我后来才知道他的衬衣的口袋里装了一块怀表。说到这里，她狠狠白了丽娟的老爸一眼。

老爸得意地笑了，说你不知道的多着呢，当年给你的情书也是请咱市的侯作家写的呢。

老妈上前佯装去掐他，一边对丽娟说，你看你看，原以为你爸老实，其实老鼠着呢。现在的年轻人啥世面没见过？你可不能被骗了。

接下来，老爸老妈就去医院打探。姜还是老的辣。这话千真万确。这老两口有的是办法，私下找张阳阳的同事了解，找病人打听，甚至扮作患者直接与张阳阳见面。

通过一番调查取证，与丽娟掌握的情况大差不差，但有一点丽娟不清楚，也可能她清楚，但没给老爸老妈交代：张阳阳的医术高明，在市医院的骨科坐头把交椅，脾气却古怪，不开高价药，不收红包，不接受患者任何形式的答谢，弄得同事们都讨厌他，渐而疏远他。每个月，整个医院的主治医师里面就属他的奖金低！

老爸说，这不是傻蛋吗？不行！

在这个问题上，老妈与老爸的意见高度一致，说啥年代了还不知道赚钱？不中，这样的人不能当咱家的女婿。

丽娟是孝顺闺女，老爸老妈不同意，她也没有办法。

说来也巧，没过多天，丽娟在下班途中被一辆车蹭了一下。小腿被擦破了，往外渗着血，动弹不得，一动腿就疼。

这一次，老爸老妈的意见达到了空前一致：到市医院找张阳阳！

丽娟不理解：你们都看着张阳阳不顺眼，咋会让张阳阳治？

老爸说，张阳阳不收红包，医术又高明，这样的医生放心。

是，是，是。现在的医生都黑着呢，就张阳阳。老妈忙不迭地点头。

张阳阳通过查看伤势，私下对老爸老妈说，丽娟的小腿骨折了，伤势比较特殊，治好后有可能留下后遗症，即走路不稳当，俗话说的瘸子。

连权威都这样说了，老爸老妈能有什么办法？他们隐隐约约有一些担心，将来丽娟怎么找女婿？背着丽娟，两个人没少唉声叹气。

伤筋动骨一百天。做了手术后，小娜主动承担起照顾丽娟的任务。老爸老妈都有工作，自然感激不尽。

半个月后，老妈去医院看望丽娟。丽娟悄悄地对老妈说，张阳阳可能对她有点意思了，除了特别照顾，常常给她买一些好吃的好玩的。

老妈心里一喜，说闺女，真狮子的屁股，有门！

丽娟说，妈，您的意思是同意我跟他谈？

老妈点点头，说此一时彼一时也，谈，要认真地谈！

老爸的意思跟老妈一样。接下来，老两口甚至把小娜支使走，剩下丽娟一个人住在医院，故意给两个年轻人提供便利。

直到丽娟和张阳阳结婚，老爸和老妈才知道，他们自己中了圈套：丽娟的骨折并非张阳阳说的那样严重，只是他和小娜设计的一个小阴谋……

不过，老爸和老妈打心眼里高兴，也没责怪他们的乘龙快婿，因为张阳阳最近被提拔为副院长了。

流浪汉

一个流浪汉每天睡在小康的店门口。小康很生气，撵了多次才被撵走。后来，小康才知道，流浪汉是给他义务看门的。

父亲去世后，小康就正式接管了店铺。店面不大，经营的不是金银珠宝，是相机专卖，尼康啦，佳能啦，这家伙，也贼值钱，好的，也是成千上万，甚至十几万，不亚于一台小汽车。

小康每天早上来到店门口，总能看到一个流浪汉蜷曲在店外边。他的年龄大约在六十岁左右，胳膊腿健全，不残疾，长长的头发，像是被腻子给糊住了，一绺一绺的，脸上黑一块紫一块的，好似被紫外线灼伤了的藏族同胞，身上的衣服长一片短一截的，类似时下流行的混搭，自打套在身上怕是没脱下洗过，已经看不清本来的色彩……眼下是秋天，他却穿着羽绒服，还是女式的。走的近了，还能闻到他身上散发出的那种刺鼻的味道。这个流浪汉也不傻，只要看见小康来，就知趣地走开了，走得远远的，一整天都不见他的踪影。

难道这个流浪汉打算伺机偷盗？想到这里，小康着急了。然而，媳妇正在坐月子，母亲又有病，他白天不在家，晚上总不能守在店里不回去啊？父亲活着的时候，也不是常常住在店里。有几个晚上，小康不放心，悄悄踅摸到店铺门口，每次都是看到流浪汉睡在门口，没有什么反常的行为。但老话讲，害人之心不可有，防人之心不可无。虽然不能排除怀疑，还是把他撵走的好，免得夜长梦多。

这天早上，小康来到时，流浪汉还在门口酣睡。小康也不理会，越过流浪汉，悄悄打开门，扫地时故意把尘土往他身上扫，即便这样，流浪汉还没有醒，小康就用扫帚去撩拨流浪汉的脸，他这才醒过来，讪讪着走开了。小康挥舞着扫帚，捂着嘴朝他叫道："滚！滚得远远的。"

小康以为，他这一下，流浪汉肯定会流浪到别处了。第二天清晨，远远地，小康就看见那个流浪汉还在店铺门口，靠着防盗门，半躺半坐，悠闲悠哉的，好像自己是店老板似的，便气不打一处来，走到跟前，抬脚去踢流浪汉，同时把手里半瓶矿泉水泼到流浪汉身上，一边怒吼着："滚！滚！滚"那架势，仿佛他跟流浪汉之间有杀父之仇，夺妻之恨。

流浪汉诧异地看着小康，他也并没有杀小康的父亲、夺小康的妻子，不明白他为什么发这么大的火气。

"看什么看？你聋吗？再不滚我揍死你！"小康把矿泉水瓶子朝流浪汉的脸上摔去。

流浪汉下意识地躲了一下，走了。

此后，小康再没见到过那个流浪汉。

大约过了半个月，小康的店铺被盗了，丢了五台索尼高档相机，每台都在一万元以上。

小康的脑海里立马出现了那个流浪汉的影子，他断定是流浪汉在报复。当警察赶到后，小康就说出了自己的直觉。

怀疑归怀疑，警察要的是证据。幸亏店铺对面有家面包房，人家在外面装了两个摄像头，有一个刚好照到小康的店门口。

警察打开监控，根据监控拍到的画面，短短时间内便抓获了犯罪嫌疑人。犯罪嫌疑人交代，他早就盯上了小康家的相机专卖店，因为流浪汉的缘故，才一直没有下手。

面包房的监控录像证明了犯罪嫌疑人所言不虚。小康一边看监控一边泪流不止：小偷光顾那几次，每次来都是因为流浪汉睡在门口，他才没有得逞。有一个晚上，月黑风急，昏黄的路灯像是睁着惺忪睡眼的醉汉，街上少有行人。那个小偷又鬼鬼祟祟地出现了，拿着刀子威逼流浪汉离开。流浪汉头一低，不管不顾朝小偷身上撞去。不怕人横，就怕人不要命，这话不错。见此情形，小偷也屙稀屎了，转身逃了……

流浪汉为什么要这么做？

面包房老板的话让小康如梦初醒：小康的父亲在世时，时常买面包给流浪汉！

小康转遍了大街小巷的旮旯角落，没有找到那个流浪汉。

流浪汉，你在哪儿呢？店里清闲的时候，小康常常盯着门口自言自语。

犯神经

一个不是环卫工人的老者每天打扫广场的卫生。刚开始，大家都以为他犯神经。后来，他的老伴也和他一起打扫广场的卫生。再后来，知道内情的人也加入到打扫广场卫生的行列。因为，广场下面埋着抗日英雄，他们不是在扫地，是在扫墓。

我住的小区前面有个广场，是市民休闲、健身的地方，有下棋的，聊天的，练剑的，耍拳的，还有跳广场舞的。晚上和周末的时候，热闹一些。

不知道是哪一天，我到广场散步的时候，无意间看到张大伯一个人在打扫着广场的卫生。张大伯跟我住一个单元，我认得他。只是见面熟，没有什么交往。刚开始，我以为他是环卫工人，负责着这片区域的卫生。

就在前些日子，我忽然间发现，张大伯老得不成样子了，脸皱得像山核桃的皮，头顶已经稀疏了，仅有的几根头发也成了银丝，抖抖颤颤的，随时都有可能被风刮走似的，腰弯得像一张弓，若不是扶着扫把，怕是要站立不稳，摔到地上……看样子，他的年龄少说也有七十岁。当时我心里直纳闷：他怎么还不退休呢？难道他们单位招不来人，还是老人为挣工资不愿意退休呢？我们单位有一个副局长，早到站了，一直不走，惹得一圈人不待见。为什么？不就是为的那点福利待遇吗？！难道说张大伯家里生活困难，舍不得那点工资？

捡来的家

也巧，那天我回来时在小区门口见到了张大娘，她是张大伯的老伴。我就把心中的疑问说了出来。没想到，张大娘气呼呼地说，狗屁环卫工人，他犯神经！我想进一步问话，张大娘蹒跚着走了。

我想，人老了，可能有点痴呆吧。常言说，老小孩，老小孩，人老了就跟小孩子一样，有时会胡闹一下。回到家里，我跟妻子说起此事。妻子说，张大伯原来在钢厂上班，现在已经退休。他扫好多年了，没退休就已经开始扫了。

没退休就开始了？是有好多年了。我说

妻子说，原来有专人打扫，他去了后，人家就撤走了。听说因为这个，张大娘跟大伯闹了一阵子呢。

我愣了一下。

妻子说，原来那个环卫工人是个女的，张大娘怀疑张大伯跟人家有扯不清的关系，吃醋了。

是同学关系还是情人关系？我感觉这里面有故事。

哪有的事？人家那个女的根本不认识张大伯。妻子翻我一眼。

是他一厢情愿？我也给弄迷糊了。

妻子瞪了我一下，说别瞎想了……不是那方面的事儿。家人怀疑张大伯的脑子有问题，让他去医院瞧瞧，他又不去。

我说，市政部门给他开不开工资？

妻子说，他自愿打扫的，谁给他？后来，主管单位过意不去，要给他报酬，他不要。

真是犯神经。我自言自语了一句。

妻子说，张大伯的家人都反对他去扫，但他坚持要扫，没办法，只当他是锻炼身体，也不阻拦他了。

再到广场去的时候，我留意到不少人对张大伯指指戳戳的，有鄙视，有同情，也有可怜。唉，一个人糊涂到这份上，难怪别人说他犯神经。不过，这种神经也好，又不危害他人和社会。

这天周六，我敲好一篇文章后，走出家门来到了广场。忽然间发现，扫地的不是张大伯，是张大娘。

这就奇了怪了！我装作随意地走过去，走到张大娘面前，跟她打了个照面："大娘，您好！"

张大娘似乎知道我要说什么，叹口气，有点歉疚地说："我错怪你大伯了，他不是犯神经……"

盯着张大娘，我鼓励她说下去。

接下来，就是张大娘讲的故事。

1944年5月，麦子黄梢的时候，小日本来了，霸占了这个城市。这天他（指张大伯）随父亲偷偷回到家中。天擦黑的时候，看到街对面日本兵开来两辆汽车，车上都是五花大绑、白布蒙眼的中国人。他不顾父亲的反对，爬到自家房脊上偷看。两个日本人对一个中国人，用刺刀一前一后地戳，用这种方式把车上的几十个人都戳死了。最后日本人挖了一个大坑，把尸体都掩埋掉了。他从房脊上溜下来，才发现自己已经吓得尿了一裤子，腿都软了。他一直忘不了那一幕惨景，解放后，他曾经向有关部门反映情况，建议为死难同胞立个纪念碑，因为遇难者的身份难以落实等诸多原因，愿望一直未能实现。一想起当时的画面，他就忍不住泪流满面。后来，为了缓解心中的悲伤，他开始打扫当年埋葬的地方。表面上看他是在打扫卫生，其实是在扫墓啊。每到清明节，他还偷偷地烧纸祭奠。由于不知道是共产党还是国民党，自己不敢公开祭奠，害怕政治上遇到麻烦。直到2015年9月3日胜利阅兵日，看到国共的抗日英雄都坐在了一起，他才彻底解开了心中的顾虑，把实情说了出来。

"张大伯呢，他老人家今天怎么没来？"不知道为什么，一时间我心里发堵。

张大娘说："他的腰病犯了，不能来了，我就替他来了。"

回到家，我查阅了相关资料，知道广场这里确实是日本人当年大屠杀的现场。我把前因后果给妻子讲了一遍，她默了半天，说："大娘也是六七十岁的人了……明天清明节，我去帮她打扫……扫墓吧？"

我长出了一口气，算是答应了妻子。

第二天，我到超市买了一兜水果去看望张大伯。张大伯住在十二楼，客厅正对着广场。我扶着他站在窗口，看到有十多个人都在静静地扫着地；广场中央摆满了鲜花，一些人垂着头围着鲜花，在默默地祭奠那些死去的无名英雄。

我转脸刚要对张大伯说点什么，发现他已经老泪纵横。

全家福

全家人体检后，亮子看了体检结果后，让父母和妻子外出旅游。父亲以为自己患了不治之症，母亲暗自揣测是自己患了不治之症，妻子也认为是自己得了病……结局却是亮子自己得了病，把家人支走，自己在家化疗。

一家人体检后，亮子逐个看了看体检结果，征询了医生的建议，然后一脸轻松地对丽娟说："屁事没有，你就带上爸妈去海南旅游吧。"丽娟是亮子的妻子。

丽娟打了个怔，说："要旅游全家一起去，你不去怎么行？"

亮子说："我也很想去，可是，公司准备上市，放屁的工夫都没有，哪有时间啊？这样吧，你把我的照片做成手机屏保，照相时你举起手机不就成全家福了？！"

"就你的鬼点子多！"丽娟扑哧一下笑了。

亮子说："我的鬼点子不多，你会嫁给我？"

说归说，笑归笑，丽娟嘟嘟囔囔的，似乎不愿意去。亮子好说歹说，她才答应下来。

其实，刚开始，父亲和母亲也不想去。亮子知道二老一辈子俭省惯了，是可惜那几个钱，就说："你们的年纪越来越大了，出去的机会越来越少了。去吧，满足儿子的一点孝心吗。"当儿子的把话说到这个份儿上，做父母的不去就有点不明智了，况且是儿媳带他们出去，若是不去就会惹出家庭矛盾。

等到飞机窜出云海，爬上蓝天，丽娟的心也跟飞机下面的云彩一样翻滚不已：莫非是自己的乳腺增生变成了乳腺癌，没有几天活头了？自己平时对待公婆做得不是十分到位，难道是亮子想让自己在有限的日子里好好玩玩，同时也尽尽孝道，省得有亏欠，免得落下话柄？若真是这样，自己可得好好表现一下。

有了这个想法，丽娟表现得很是孝顺，嘘寒问暖，无微不至，比一个亲生女儿做得还到位。在飞机上那三个小时，一会儿问公公渴不渴，一会儿又问婆婆尿不尿。丽娟的嘴不停，手也不闲，一会儿拿水果，一会儿递点心……一时间，弄得两位老人有点受宠若惊，有点不适应。

父亲心里也不平静：去年检查说我的心脏有点钙化，难道说一直用药不见效果，今年又加重了？若不是，儿子为什么让媳妇带着自己和老伴出来旅游呢？特别是媳妇的举止让他证实了自己的想法。

嗨，自己跟老伴几十年，没让她享受过荣华富贵，倒遭了不少的罪，没少挨自己的骂，趁还活着，好好关心一下她吧。因此，尽管有媳妇在跟前，尽管有媳妇的悉心呵护，父亲对待老伴仍然关爱有加，比当年谈恋爱时还黏糊。

母亲想：俺这个老婆子一直贫血，吃啥都不见效，难道转化成了不治之症？要不然儿子为什么要他们出来旅游？老头子和媳妇为啥对自己这么好呢？肯定是，百分之百是。想到这里，母亲对待老头子和媳妇客客气气的。世上几十亿人，能够成为一家人不容易，应该珍惜这有限的日子。对，还得打起精神，不能让他们看出破绽。反正横竖都是死，何必给他们增加负担呢？玩就玩得开心一些。

一路上，一家三口人和和气气，少有的亲昵或者说是亲切。每到一个景点，丽娟都要拿出自己的手机，让游客帮忙给他们拍一张"全家福"。

半个月后，丽娟带着父亲和母亲回来了。

在火车站出站口，亮子来接他们来了。看到亮子那一刻，三个人都愣怔住了，亮子戴了个帽子，把自己的头包了个严严实实。

亮子笑了笑，解释说："我赶时髦……剃了个光头。一时间不适应，就弄了个帽子。"

随后，亮子把他们接到一家饭店，说是为亲人们接风洗尘。

吃了几口菜，父亲吃不下去了，率先忍不住说道："亮子，是不是我的心脏出问题了？"

亮子笑了，说："爸，您想哪儿去了？"

母亲看了看老伴，问亮子："亮子，是不是我？"

亮子摇了摇头。

丽娟看了看公公婆婆，又看了看亮子，迟疑了一下，说："亮子，是我？"

亮子摘掉帽子，摸了摸自己的头，不以为然地说："是我……胸部出了瘤子，手术很顺利，刚刚做了化疗！"

亮子的话音一落，其他三个人都放下筷子，上前抱着亮子"呜嗬呜嗬"哭起来。服务员及时用手机拍了下来放到了网上，美其名曰"全家福"，一时间引起了网友们晒全家福的热潮。丽娟看到后，就把自己在海南拍的"全家福"放了上去，讲述了照片背后的故事。没想到，他们的"全家福"被公认为"最美全家福"。

心爱的人

心爱的人到底是谁？是让土豆卖了血也得给她买金项链的小楠？还是自己卖血要给土豆打路费的兰花？答案不言而喻。

热闹了一年的工地冷清下来，不时有鞭炮在不同的方向炸响，过年的气息越来越浓了。土豆不免焦躁起来。

大伙儿都等着开了工资回家过年，包工头倒好，一句"没钱"就把大伙儿给打发了。包工头也确实没钱，开发商躲着不见人，包工头也是干着急没办法。他枯着脸说，我要是能屙钱，把肠子掏出来捋直了也得给大伙儿倒腾干净，关键屙的不是钱，拜托亲哥哥亲弟弟了。

都是一个村里出来的乡亲，亲不亲路亲，路不亲水亲，又在一个锅里搅稀稠，还真拿他没办法。在这种情况下，大多数都灰头土脸坐车回家了。没开工资，过年了，家还是要回的。

捡来的家

土豆也想回家。他已经承诺给小楠买条金项链，过年回家给带回去。没想到白忙活了一年，一分钱的工钱也没拿到，怎么买金项链？他已经进那家珠宝店五次，相中了那款金项链，手机偷偷拍了照，用微信给小楠发了过去，小楠欢喜得不得了，当即在手机里给他哼唱起来：什么话都不想说，只想紧紧拥抱着，沉默的时候让呼吸代替诉说，想永远守护着你，温暖在你的心窝，紧握的双手就这样走到最后，心爱的人，你亦是我的希望，没有了你，世界一片荒凉……

小楠经常给土豆唱这首《心爱的人》。只要在工地上遭到工头的训斥或是累得疲惫不堪的时候，亦或是在大街上遭到城市人白眼的时候，就打开手机听小楠唱这首歌，听着听着，所有的不爽都会烟消云散，一扫而光；听着听着，土豆的心就醉了，就融化了，像当年入洞房时的感觉。有一次，土豆在脚手架上等物料的时候，忍不住打开手机，听小楠唱《心爱的人》。听得走神了，差点从脚手架上掉下来。吓得工头在下面扯着嗓子骂他："土豆，你这盘不上桌的菜，想让我给你买棺材啊？想老婆了夜里想去，白天别想！"

事后，大伙儿没少取笑土豆："想老婆了夜里想去，白天别想！"土豆呢，也不恼，心里反而美滋滋的。

小楠把土豆当成心爱的人了，土豆再不把人家当成心爱的人就太没良心了。一个金项链，2800块钱，不贵，为了心爱的人，没有什么不舍得的。

什么时候回来？我想死你了。小楠在微信上呼他。

土豆的心里就一下子开满了花，回复道：小楠，我也想你。

记得给我捎金项链啊。小楠提醒道。

土豆迟疑了一下，半天没有回复。

小楠又在微信上给他唱起来：什么话都不想说，只想紧紧拥抱着，沉默的时候让呼吸代替诉说，想永远守护着你，温暖在你的心窝，紧握的双手就这样走到最后，心爱的人，你亦是我的希望，没有了你，世界一片荒凉……

土豆想了想，回复道：工地上没有开工资。他在试探小楠，如果小楠不在乎，就回去。

小楠嫌打字慢，直接语音：你说话当放屁？当初是咋承诺我的？没开工资，卖血也得给我买！

卖血？土豆打了个激灵。小楠怎么能这样呢？这话咋这么狠呢？自己可是她心爱的人啊。一时间，土豆的心里凉吧吧的。

忽然，土豆的手机响了一下，是个短信提示音。小楠的？他不敢打开。是福不是祸，是祸躲不过。土豆想了想，最后还是打开了，不是小楠的：死鬼，没开工资就不敢回来啊？老娘给你打了 1000 块钱，赶快买车票给老娘滚回来。

看着这条短信，似乎听到了她那熟悉的声音，土豆心里热起来。

这个自称"老娘"的人是土豆的老婆兰花。

回到家，土豆才知道那 1000 块钱是老婆兰花把喂了一年的猪给卖了。土豆说，幸亏你喂了头猪，要不然我回不来呢。

死鬼，过年了咋能不回家？我卖血也得给你打路费。兰花一边包着饺子一边嗔骂。土豆最爱吃饺子了，每次回家，兰花都给他包饺子。

卖血？土豆从后面环住了兰花的腰，轻轻哼唱道：什么话都不想说，只想紧紧拥抱着……

死鬼，难听死了，跟狼掐着脖子了……快松开……大门都没关呢。兰花挣扎着，身子却蛇似的软下来。

第二辑　抢劫案发生之后

　　警察老谭下乡调查一个案件，公交车上路遇五个歹徒，不畏强暴，见义勇为。在他的感染下，有几个乘客也纷纷站出来，赤手空拳和歹徒搏斗。没想到寡不敌众，钱财被洗劫一空，老谭倒在血泊里，三名乘客刺成重伤，一名乘客抢救无效丧生。在医院被抢救三天两夜后老谭终于醒了过来，媒体自然也接二连三地报道了他的英雄事迹。没想到，老谭竟然对自己的行为懊悔不已……

守　灯

　　爷爷是灯塔守护人。爷爷去世后，父亲接了班。父亲被风浪卷走了，母亲接了父亲的班，当了灯塔守护人。母亲担心自己死后，没有人来担任这个角色。儿子说："妈您放心，塔上的灯不会灭，我心里的灯更不会灭！"

　　凌晨两点，守灯正睡得迷迷糊糊，被妈叫醒了。

海那边，万家灯火，海这边，黑魆魆一片。守灯随妈进灯塔里巡视了一遍，没有发现异常，便开始保养机器。眼下是夏天，白天这里五十多度，只有把活儿攒到晚上。一台台设备锃亮光洁，一尘不染，无疑，这是妈天天擦拭的结果。

守灯五岁之前没离开过这个岛，对这个篮球场一样大的岛再熟悉不过了，没有土，没有草，到处都是光秃秃的。想种点蔬菜都难，日头太毒，从外面运来的土过不了几天就被烤得焦干。台风一来，这些土很快就会被刮散，被海水冲走。上学后，守灯每到假期返岛的时候，不忘背上一大包泥土，好让妈踩一踩，接点地气……给养船半月来一次，送些蔬菜和淡水。周围除了鸟叫、风吼和浪涛，寂静得没有一丝生气。先后喂过五只狗，因为寂寞和孤独，结局都惊人地一样，狂叫着跳进了大海……

清理完灯笼，妈又用牛皮软布擦拭灯器。守灯说："妈，我来吧。"妈不让，说："擦这个是要紧的活儿，也是很细的活儿，用力要适当，要有耐心，稍不小心就可能造成损伤。"

看着妈认真的样子，守灯心疼地说："妈，您一辈子就没想过走出这荒岛？"

妈叹道："说不想是瞎话，但是，灯塔离不了人，若是夜里灯灭了，就会出大事。"

守灯知道，这个小岛周围有多处险滩、暗礁，夜间过往船舶，都需灯塔指引，方能安全通航。

天际泛白，渐亮渐红，大海也由黑暗变得光亮起来。接着是一道红霞，慢慢地扩展，辉映在无边的海面上。片刻，一个金红色的圆边露出来，一点一点地扩张、上升。后来，它似乎憋不住，一下子蹦了出来。刹那间，这个金红的圆球发出夺目耀眼的亮光，海上射出万道金光……尽管守灯在这里多次看过日出，此时还是禁不住由衷地赞道："太美了！在这里看日出一点不亚于'浦门晓日'。""浦门晓日"是岱山的一个景点，是观赏海上日出的好地方。

"守灯，你马上就要大学毕业了。"妈岔开了话题。

守灯明白，妈的潜台词是：你毕业后有何打算？妈还不到五十岁，头发已经花白相间了，脸色黑红黑红的，额头上的皱纹一道道，像是刻出来的。守灯鼻子一酸，说："妈，我想把您带到城里去，让您安享晚年。"

妈固执地说："我不走，我要在这里陪你爸。"

守灯的爷爷民国时期就在这里看护灯塔了，后来父亲接了爷爷的班。十多年前父亲被台风卷走后，妈就接管了守护灯塔的任务。妈说，虽说没有找到父亲的尸骨，但是父亲的魂在岛上，在灯塔里。

"为啥给你取名'守灯'？守灯守灯，就是要确保灯不出问题，让来往的船只安全地经过。"妈大声说道，似乎生气了。

妈终于把话挑明了。妈曾不止一次地说过，他的命是渔民给的，生他的时候难产，当时台风突降，大雨倾盆，是渔民叫来了医生，母子才平安。

"你不回来，妈就一个人守！"妈的声音哽咽了。

随着守灯的成长，小岛也在悄悄地发生着变化，灯塔变了，塔身由矮小到高大，灯塔能源从乙炔到干电池再到太阳能。装上新设备后，妈看不懂设备上的英文标识和操作说明，原理也搞不明白。只有小学文化的她就自学英语和航标专业教材，每天写工作日记，积累了丰富的经验。如今，她已摸索出了一套初步诊断和治疗小毛病的方法。

守灯决定给妈摊牌，不能让妈胡乱猜疑了。他揽过妈瘦小的肩膀，说："妈，我在学校跟导师进行了智能化航标系统设计的课题研究，实现遥测遥控功能不再是梦想。不远的将来，岱山的近二百座灯塔，不，全国的五千余座灯塔，采用自动化系统，就不用人看守了。"

"真的？"妈又惊又喜，眼里蒙了一层雾。

守灯重重地点了点头，说："妈您放心，塔上的灯不会灭，我心里的灯更不会灭！"

"你这孩子，咋不早说？"妈轻轻捶打了守灯一下。她眼里的雾散了，泪出来了。

这时，一艘船舶从灯塔旁边缓缓经过，拉响了汽笛，嘹亮，悠扬。守灯心里暖暖的，满满的。他知道，船舶是在向灯塔致敬，是在向妈致敬，也是在向他致敬。

警察老谭

在公交车上，面对歹徒，警察老谭挺身而出。然而，面对扑面而来的荣誉，老谭选择了回避。他说，他后悔那天的行为，不该站出来。

等到老谭被惊醒，才看清公交车内的危急情形：五个带着墨镜的壮汉，手里都拿着尖刀。一个壮汉站在司机身边，其他四位面对车厢，把玩着刀子。车上的十几名乘客吓得面如土色，瑟瑟发抖。抢劫！这是老谭的第一反应，他下意识地攥了攥拳头，差点要站起来。

老谭瞥了一眼窗外，发觉公共汽车正行驶在开往乡下的偏僻山路上。

一个手腕上戴着桃木手链的高个子男人好像是个头目，沉声叫道："老子只要钱，不要命。快点，都把钱掏出来！"他的声音不大，却透露出一种霸道和一股杀气。

捡来的家

老谭想摸出手机报警，发觉根本不可能，因为这个高个子男人就站在他眼前，刚才说话的唾沫已经飞溅到了他的脸上。指望外援是不行了，必须自救。

乘客没有一个站起来或者说话。老谭稍稍扭了一下脸，发觉大家都把目光投向他这里。他忽然明白过来，他今天穿着警服。昨晚查阅案件，熬到凌晨一点才和衣躺下，早上起来匆忙洗罢脸就出门了，连早饭也没顾上吃，就上了公共汽车，他今天要到乡下调查与案件相关的一个事情。由于疲劳，他一坐上车就睡了过去。

高个子男人显然早就注意到了老谭，他拨弄着手里闪着寒光的尖刀，嘲弄般地笑了笑，盯着老谭说："哥儿们，老老实实的，最好不要动手。"

老谭注意到，车上除了两个年轻的恋人外，其余的都是老人和孩子，只有自己是个警察，是个年轻的警察。

"想动手就试试……"高个子男人把刀尖指着老谭的鼻子。

老谭没有理会。他发现左前方一个八九岁的孩子正一眨不眨地看着自己。老谭想，这个孩子不是在为我担心，他肯定在看着我如何制服这个歹徒。

高个子男人忽然脸色一变，恶狠狠地对老谭说："快对他们说，主动把钱交出来，别把老子惹急了……"

车上的乘客都盯着老谭，似乎等他说话。大家的目光里除了惊恐外，更多的是期待。在这种时候，大家当然把希望放在他这里。似乎有警察在场，一切都可以化险为夷，平安无事。

高个子男人好像预感到了不妙，猛地揪起前面那名孩子的头发，把尖刀对着他的脖子，厉声对老谭说："快点，不然就杀了他！"

那名孩子失声冲着老谭叫道："叔叔救我！叔叔救我！"

老谭忽然起身，以迅雷不及掩耳之势，一手去抓高个子男人拿刀的手腕，同时抬起一脚蹬在这个汉子的一条腿上。几乎在同时，另外四个歹徒挥舞着尖刀迅疾围了过来。尽管老谭有几下，还是一拳难敌四掌，老谭不断被尖刀刺上。衣服划破了，鲜血汩汩流出来。老谭忍住疼痛，拳脚并用……

看到歹徒的刀扎进了老谭的身上，有几个乘客也纷纷站了起来，赤手与歹徒搏斗……

老谭倒在了血泊里，四名乘客也被刺成重伤。五名歹徒把钱财洗劫一空后仓皇而去。

在医院，老谭被抢救了三天两夜终于苏醒了。老谭得知，一名乘客没有抢救过来，其他三名转危为安。

一时间，各级媒体接二连三地报道，各个单位三番五次地学习。毋庸置疑，老谭成了英雄。

当老谭出院后，他向单位递交了转业申请。

领导再三挽留，无奈老谭去意已决，只好摇摇头，叹息一声，在转业申请上签了字。

有好事的记者感到奇怪："谭警官，你现在成英雄了，该享受英雄给你带来的各种福利待遇了，为什么选择离开呢？你差点把命搭上，这是图什么呢？"

"我不配当英雄。我不配当警察。其实，我那天不该站出来……"老谭重重叹了口气，似乎有点自责和后悔。

"你，难道你害怕了？"

"我不害怕。但是，在那种时候，最好的办法就是保持冷静，让乘客把钱财交给歹徒。只有这样，才能保证乘客的人身安全，假设不是我逞能，那位乘客不可能死去……"老谭艰难地说罢，眼角滚出了泪水。

媒体报道时，隐去了这段话。

捡来的家

没多久，老谭离开了小城。没有人知道他去干什么了，包括他的家人。

守　礁

小海岛上活动面积狭小，没有电力供应，淡水和食物基本要靠补给船补给。阿亮靠罐头和胃药度日；背颂药品上的说明、哼唱那首永远不变的《常回家看看》、对镜细数眉睫是漫长而枯寂的时光里仅有的消遣；对妻女的思念，对父母的牵挂，只能说给沉默无言的大海听……每天必做的工作是连狗狗都嫌弃无聊而认真的巡视。

那一天，阿亮回家探亲时把我带上了小岛。呵呵，蔚蓝色的大海，一望无际，真是浪漫极啊。

小岛很小，还没有家门口的健身公园大。每天我随阿亮溜达几圈外，自己也要单独跑几圈，不是撒尿，是没事干，找乐趣。可是，没有乐趣。没有猫可以逗，没有鸡可以撵，找不到第二条狗狗玩耍。花花没有来，她要跟我一起来就好了。花花是我的女朋友。我吃惊地发现，这个岛除了我和阿亮，再没有其他活的东西，猪没有，鸭没有，鸡没有，不对，有鸡，是半月来一趟的给养船给阿亮送来的一只烧鸡。也没有楼房，没有汽车，没有老人，没有女人，没有小孩，没有树，没有花……怎么什么都没有呢？

让我感到奇怪的是阿亮。您瞧，他又来了。这天绕着海岛转一圈后，他坐在海边，对着大海说起话来：我家里七口人，爹70岁了，身板硬朗着呢，农忙时节，家里的五亩多地几乎都是他一个人侍弄的。

娘 68 岁了，有关节炎，一到阴雨天，腿就疼，连路都走不成。女儿欢欢今年 5 岁了。我半个月前回家探亲，她竟不认我，连一声爸爸都不叫。是啊，我当年来岛上时，她还没有出生。哥哥带着嫂子和侄女进城打工了。苦了妻子桂花，侍候老的，照顾小的……阿亮说了半天，大海一句话也不说，像是个哑巴。如果说大海是个哑巴的话，阿亮几乎每一天都要对大海说着同样的话。大海生阿亮的气了？不愿意回答他的话？人类真是猜不透，不像我们狗类，对谁生气了就"汪汪"地两声。

这里的日头很毒，一出来就晒得受不了。我随阿亮巡视几次后，感觉不好玩，就躲在屋里不出来，直到天黑了我才出来。阿亮呢，出门都穿着棉衣，戴一个头罩。天这么热，他怎么穿这么厚啊？我哼哼唧唧地问阿亮，可惜，他听不懂我的话。

阿亮没事的时候，常常照镜子。真是臭美，你又不是美女，一头白发有什么照头？脸得像柴火熏过的锅底，好意思去照。不对，阿亮照镜子不像桂花和欢欢，人家是梳头发，描眉毛，画口红……阿亮是数眉毛，一根，两根，三根，四根……欢欢小时候也这样，不过，欢欢是拿一把小棒，一根，两根，三根，四根。阿亮数眉毛，隔三岔五都要数一次。他是看眉毛少了还是多了？真是的，我身上的毛多着哩，想要的话随便揪吧。

岛上没有青菜，阿亮吃的都是水果罐头。有一次，阿亮看到海上漂来一个"烂菜帮"，好像是过往商船抛下的，上面有几片绿菜叶。他毫不犹豫地跳进海里，把它捞了上来。晚上，阿亮做了一顿菜汤。吃菜的时候，阿亮把菜叶放在舌头上舔了又舔，一小口一小口地嚼烂，才吞下肚去。这难道是传说中的山珍海味？若是山珍海味的话，阿亮怎么经常吃胃药呢？他来岛上的时候就带了整整一箱子的胃药。

捡来的家

阿亮洗澡的时候最搞笑。远处来了片乌云，他就赶紧脱衣服，往身上抹肥皂，但刚洒了一小阵雨，便猛然放晴，这时候，他身上的肥皂水还没洗净呢。

阿亮还爱唱歌，唱得最多的是《常回家看看》。阿亮的喉咙像破了似的，唱得很难听。他唱着唱着，就泪流满面了。人们常说，男儿有泪不轻弹。阿亮就怎么爱哭呢？既然伤心就别唱呗，偏偏还爱唱这首歌。正儿八经让他唱歌，他反倒不唱了。那次，一个文艺团体来慰问，让他表演节目。他不唱歌也不跳舞，他将一个胃药的瓶子交给一个女演员，说我能把上面的说明书一字不漏地背下来。果然，阿亮一张口，将药品说明书一字不落地背了下来——从最后一个字倒背到头一个字。女演员没有笑话他，反而眼泪汪汪，上前抱住了他……这算什么啊？难道女演员是狐狸精？可是她的尾巴呢，我怎么看不到？我跟阿亮来的时候，桂花对我说，看好阿亮，别让狐狸精沾惹他。

大多的日子是平淡无奇的，除了看日落日出，没有什么好看的，真想一头扎进大海里。我忍不住时，就哇哇叫几声，对着大海叫，对着天边的日头叫。我叫的时候，阿亮就呵斥我，别叫了，难听死了，还没我常的还听。说罢，阿亮就唱起了《常回家看看》：常回家看看，回家看看，哪怕给妈妈刷刷筷子洗洗碗，老人不图儿女为家做多大贡献，一辈子不容易就图个团团圆圆。常回家看看，回家看看，哪怕给爸爸捶捶后背揉揉肩，老人不图儿女为家做多大贡献，一辈子总操心就问个平平安安……

阿亮唱着唱着，就又泪流满面了。

遭遇清官

贺老板是个房产开发商，在他的心目中，没有不吃腥的猫。张市长很顺利地给他的批文签了字，他给张市长送钱，张市长拒绝了，却提出要订购一套房子。贺老板心中暗喜，以为报答张市长的机会来了，转手以高价把房子给卖了，款项所得交给了张市长。没想到，最终的结局出乎贺老板的预料。

贺老板原来以为新区那块土地的批文需要费一番周折才能拿到手，而且特意准备了100万的现金，以便随时打通关节，没想到张市长很爽快地签了字。

这怎么可能呢？贺老板跟张市长非亲非故，贺老板也没有可以乘凉的大树，张市长也不认识他——想一想，在当今这个环境下，这不是天方夜谭吗？是张市长另有所图？还是他真的是个清官？不管咋说，贺老板还很感激的，受人滴水之恩，必当涌泉相报，人家照顾了咱，咱得感谢才是，跟张市长关系搞好了，将来办事还不是畅通无阻，顺风顺水的？

知己知彼，百战不殆。贺老板首先打听张市长的爱好。人吗，总有爱好的，有的爱金钱，有的爱美女，有的爱古玩……没有一点爱好的人，属于凤毛麟角。嗨，通过各个渠道反馈回来的信息证实，张市长还真属于凤毛麟角，居然没有一点爱好。

见见面，听听张市长的口气再做打算不迟。贺老板去找了张市长几次都没见到人，不是去哪个贫困村调研了，就是去哪个敬老院慰问了，不是去幼儿园检查伙食了，就是去猪场检查瘦肉精了，总之，张市长很忙。那天下雨了，雨下得很大，瓢泼似的。到了下午，趁着雨势小一点，贺老板去了市政府，心说这样的鬼天气，张市长不会外出的，没想到上午张市长就去河边查看汛情了，中午都没有回来。来一趟不容易，就等等吧，将近下班的时候，张市长一身泥水、满脸疲惫地回来了。等张市长换罢衣服，两人才正式见面。一番寒暄之后，贺老板说要请张市长吃个便饭。张市长一口拒绝了，说我已经给家里报过饭了，一定回去吃的。

当时办公室里没有其他人，贺老板就从口袋里掏出一个信封，里面装着一张 50 万元的现金支票，顺手放到茶几上，说："张市长，一点小意思，不成敬意。"

张市长脸色一变："拿走，赶紧装起来！"

"这……"贺老板没动。这样的情形他见得多了，不过主人公不是张市长。

张市长说："你若是不拿走，我现在就让纪检书记过来。"

看张市长要来真的，贺老板只好把信封装了起来。看到墙上的字画，他心里一动，说："张市长，我手里有一幅张大千的画，哪天拿来让你鉴赏一下？"事实上他手里也没有张大千的东西。

张市长摆了摆手："我对古玩字画没有研究……墙上这几幅也是在街上的店铺里买的，不是什么名画。"

贺老板摇摇头，盯着那幅"无欲则刚"，说："张市长，我喜欢收藏，这幅你卖给我如何？"

"你打算出多少钱？"张市长微微一笑。

贺老板伸出了一个巴掌。

张市长："500 块？"

贺老板说："50 万！"

张市长脸色一紧，说："我知道你的意思，别胡思乱想了……好好干你的工程，不要偷工减料，不要请客送礼，按规矩办事就是对我最大的支持！"

贺老板吃不准张市长的话是真还是假。

张市长说："这样吧，等你哪天开盘了，我订购一套房子。"

"好，好，好。"贺老板忙点头应承下来，心说，原来张市长要房子啊，这还不简单得跟个"一"啊。

事后，贺老板打听到张市长是本地的不错，确实没有一套房子倒也是实情，看来他是真的想要房子。好，那就送给他一套。

过了几天，张市长的秘书给贺老板送去20万元，说是购房订金。贺老板不要，秘书坚持要给，贺老板便收下了，同时签署了一个购房合同。

楼盘竣工后，贺老板提着一个密码箱来见张市长。

张市长说："房子建成了，什么价位？我还需要补交多少？"

贺老板说："张市长，很抱歉，我把您订购的房子卖给他人了？"

张市长愣愣地瞅着贺老板，不知道他要搞什么名堂。

贺老板说："因为那人给我出的价格高……不过，既然我违约了，咱有言在先，我按条款赔偿。这是100万，我今天给您提来了。"

"合同上真的是这样说的吗？"张市长给搞糊涂了。

贺老板就从公文包里拿出合同，指着其中一条款项说："张市长，您看这条是这样规定的：无论甲乙双方哪一方违约，赔偿5倍的违约金……"

等张市长回过神来，贺老板已经走了。

后来，在当地电视新闻里，贺老板看到这样一则报道：市红十字会接收到一笔80万的捐款，捐款者不愿公开透漏个人信息。

没准是张市长捐的！贺老板打了个愣。一时间，他心里热热的，

捡来的家

满满的。

回 家

她是一个警察,连爬几座雪山护送小童回家。等到小童见到亲人,她返程了,踏上了漫长的回家的旅途。"有困难找警察"这句话在这篇文章中得到了很好的诠释。

望着眼前陡峭的雪山,小童疑惑地扑闪了两下眼睛,家门前也有座雪山,不过,那座雪山跟这个不一样。几天来,已经连续爬过三座雪山了,怎么还不到家?阿姨要把自己往哪里带?小童鼓足勇气,怯怯地问道:"阿姨,你、你真的送我回家吗?"

一路上,类似的问话,小童已经问过多次了。

那个被叫作"阿姨"的中年女人对小童笑了笑,说:"小童,翻过这座山就离你家不远了……走累了吧,让阿姨背你。"说罢,中年女人蹲下,让小童趴到自己背上。

自从进山后,阿姨已经背过自己几次了。她真的是个好人吗?小童心里不住地嘀咕。自己想吃啥阿姨给自己买啥,自己没吃过的阿姨也给自己买,晚上睡觉,阿姨把自己搂在怀里,像妈妈一样。可是,可是,那个叔叔待自己不也是很好吗?

那天放学后,小童走出校门不远,没加防备,一个叔叔就把自己抱到了车上。他吓得差点哭出来。叔叔连哄带劝,说要带他回家。他这才破涕为笑,还说了声谢谢叔叔。如果不坐车,他得走上两个小时才能到家。一上车,叔叔就给他拿了一瓶可乐。起

随笔随语

初小童还有点不好意思，最终没挡住诱惑，才一小口一小口地喝起来。只喝了几口，他就感到困倦，最后歪在车座上睡了过去。等到小童醒来，已经到了一个完全陌生的地方，山不是家乡的山，山上没雪，都是高大的树木；那些爷爷奶奶叔叔阿姨哥哥姐姐弟弟妹妹一个也不认识……那个叔叔不见了，小童害怕地哇地声哭了起来："我要回家！我要回家！"一个脸上长满胡子的人指着面前的茅草屋，说："小孩子别哭，这里就是你的家！"小童说："不是，这里不是我的家！"说罢，他转身就跑。长满胡子的人紧紧揽住他，恶狠狠地说："再跑打断你的腿……你是我花钱买来的！"

难道自己也是阿姨花钱买来的？想到这里，小童下意识地打了个颤。

中年女人说："小童，你是不是冷？"

不待小童说话，中年女人把他放在地上，把自己的大衣裹在她身上，然后背着他一步一滑地上山了。

小童在那个大胡子男人家里哭哭啼啼过了十多天。他想爸爸妈妈，想爷爷奶奶，想老师同学……他再想也是枉然，再想也见不到他们。不论白天还是晚上，院门一直被锁着，他哪儿也去不了。忽然有一天晚上，来了几个人，把他带走了。来的人当中就有这个阿姨，小童还记得，阿姨骂了大胡子一句，其中一个叔叔还狠狠打了大胡子两巴掌。他们若是好人，怎么会骂人打人呢？老师说，好孩子不能骂人打人。妈妈也说过，打人骂人不算好孩子。

对，阿姨肯定不是好人。在这荒无人烟的地方，四周都是雪，自己又能往哪里去呢？只有乖乖跟着她，听她摆布。

小童记得上车的地方是石家庄，坐了好长时间的火车，在昆明下的车。小童虽然是小学三年级学生，但火车站的站名他还是

捡来的家

认识的。下了火车后，坐汽车，然后是三轮车，接下来是步行，山越来越高，人越来越少……阿姨到底要把自己带到哪里？她说要带自己回家，怎么走了这么长时间还不到家？回家的路有这么远吗？看到阿姨累得呼哧呼哧直喘粗气，脸上冒着汗，小童有点幸灾乐祸。他想，她若让自己下来走，就说走不动，让她背！把她累趴下才好哩！

爬在中年女人的背上，小童迷迷糊糊睡着了。

当小童醒来的时候，发现自己就在家里，爸爸，妈妈，爷爷，奶奶，他们一个个都掉了眼泪。还有邻居小红，大毛爷……哎呀，挤了一屋子人。那个阿姨被大家围在中间。这一回她可跑不了啦。突然，只见妈妈扑通一声给阿姨跪下了："谢谢你大姐……"

爸爸见状，也扑通一声给阿姨跪下了。

阿姨慌了，忙去拉妈妈和爸爸："这是干什么？起来，起来……"

这时候，阿姨的手机响了，她对着手机说道："妈，您想我了？什么？我一个多月都没回家？好，我现在就回家。"

中年女人歇了一个晚上，走了。她走的时候，走出好远，小童才对着她的背影使劲喊道："阿姨，你为啥要送我回家？"

"因为我是警察！"中年女人回头招了招手，转身走了。

看着中年女人渐渐模糊的身影，小童眼里的泪止不住流了下来。他在心里暗暗发誓：长大了我也要当警察！

小童不知道，阿姨要回家，还得步行，还得翻越四座雪山……阿姨的家远在几千里外的石家庄。

犯　病

老王患上帕金森综合征，记忆力衰退，常常认错人，什么事也干不了，有时叫老伴"大娘"，有时叫老伴"大姐"，然而，遇到歹徒时，他像变了一个人，比任何人都勇敢。

老王退休不到两年，患上了帕金森综合征，说白了就是老年痴呆，智商很低。他跟其他痴呆患者的状况差个八九不离十，记忆力消减，行动不便，譬如水杯明明拿在手里，却满屋子转悠着找水杯；本来要到厕所小便，到了卫生间却忘记自己要干什么，转回来时已经把裤子尿湿了；走起路来磕磕绊绊的，随时要跌倒的样子，等等。有时老伴叫他："老王，该吃饭了。"他却一脸茫然，等到老伴连叫数声，走到他面前大声呼唤，他才像个犯错的小学生："老大娘，你是叫我吗？"有时把老伴当做"姐姐"。弄得老伴哭笑不得，心里却如针扎一般难受。老王干了一辈子革命工作，退休后本该含饴弄孙，颐养天年，想不到得了这种病。

有人建议说，让老王常去他熟悉的地方，或许能恢复他的记忆。这种说法像是有点道理，老伴就带着老王来到他工作一辈子的地方，这里转转，那里逛逛。可是，去了几趟后，一点效果也没有。老王常常把张三当成李四，王五当成陈六，把比他年龄小的局长当成"哥哥"。有一次，老王来到办公室，向比他年龄小三十多岁的小姑娘叫"大娘"，人家小姑娘初来乍到，不明就里，"哇"地声哭着跑了出去。

局长是个好局长，心里也很难过，毕竟是自己的兵啊，不能撒手不管，就对老王的老伴讲，大娘，还是去医院吧。老王的医疗费单位都给报销，钱不是问题。

老王的老伴感激得直点头。

就这样，老王又被老伴领着往医院跑开了。每次去，都要提溜回一大包药。反正是只要沾点边的药，医生都给开了。这年头，医院最不缺的就是药。

两个多月过去，秘方、偏方都用了，中药、西药都吃了，没见什么效果。老王的老伴有点泄气。医生蛮有信心地说："病来如山倒，病去如抽丝。不要急吗，干什么都要有个过程。上次他来管我叫叔叔，这次叫我弟弟，不就是有点进步吗？"

老王的老伴无言以对，就又默许医生开了一大堆药。

老伴搀扶着老王刚走出医生办公室，只见一个小伙子旋风似的跑了过来，后面一个中年妇女撕破嗓子似的叫喊："抢劫啦，抢劫啦。"老伴忙拉着老王，打算往后闪一闪，让那个小伙子跑过去。毕竟是亡命之徒，他们老两口如何对付得了？若不识时务，还不是拿鸡蛋往石头上碰，能有个好？

谁知道，老王愣怔了一下，一反常态，挣脱老伴的胳膊，箭步冲上前去，一抬腿把那个小伙子绊倒在地。没等小伙子爬起来，老王就扑上去，把小伙子死死摁倒在地。老王到底上了年纪，小伙子挣脱老王，爬起来刚要跑，被随后赶来的保安和行人给制服了。

老伴好半天才迷瞪过来，上前抱着老王，泪如雨下。

说来奇怪，这件事过后，老王还原到过去的样子，傻呆呆的。甚至被问起制服歹徒这件事时，一问三不知，想不起来了。

类似的事情后来又发生了一次。那天，老王和老伴在看病返回的途中，公交车行驶到偏僻路段时，一名中年男子猥亵一名小姑娘。小姑娘呼救，车上的乘客都佯装瞌睡，成了缩头乌龟。中年男子更加有恃无恐，动作更加放肆。小姑娘大叫："救命啊，救命啊。"

老王腾地站起来："住手！"老伴见状，知道老王又"犯病"了，忙偷偷拨打了110。车上的其他乘客，也纷纷站起来帮腔，声讨那个中年男子。

司机刚把车停稳，中年男子急慌慌、灰溜溜下车了。

跟上次一样，待到一切都平息下来，老王恢复了先前的状态，又痴呆起来。

司机上前感谢老王。老王茫然不知所措，不知道发生了什么事，吓得躲到老伴后面，像个做了错事的小孩子。

司机和乘客们都不理解。

老王的老伴忙给大伙解释，老头子有病，帕金森综合征。

这话让大伙更加糊涂了，老年痴呆怎么在关键时刻能站出来呢？这不胡扯吗？难道这个老大娘是个精神病患者？

老王的老伴一边抹眼泪一边说，老头子退休前，是公安局的一名刑警。

顿时，车厢里掌声一片。看到众人都稀里哗啦地拍着巴掌，老王也裂开嘴乐了，跟着大伙儿一起拍巴掌，一边摇头晃脑地唱着："你拍一，我拍一，一个小孩坐飞机……"

关公像

身为一局之长的赵明，却在自家门口张贴了一张关公像。他什么意图？求财富的？有官位的？

捡来的家

在局里的民主生活上，副局长李阳说："我给局长提个意见，不知道可不可以？"

当时，在座的除了局班子成员、党员代表，还有市委组织部的刘部长。李阳这么一说，大家都面面相觑，不知道如何开口。局长赵明见状，忙说："可以，既然是民主生活会，就要真打真枪地干，不能遮遮掩掩，说吧。"

在座的有几个知道，李阳对赵明不满，一直在找赵明的碴，想把赵明轰下台。

"说吧，说吧。"刘部长也没有当成一回事，这种事情他见的多了，什么意见不意见，无非就是没有大局意识，不注意身体，经常熬夜，如果把身体弄垮了怎么工作？一心扑在工作上，经常不回家，弄得夫妻有矛盾，家庭不和谐……看似意见，实际是变相在拍马屁。

李阳淡淡一笑，说："赵局长是共产党员，我们共产党人是唯物主义者，不应该相信迷信，但是赵局长信仰神仙鬼怪，家里供奉着关公！"

关公在中国是一个家喻户晓、妇孺皆知的人物。不知道从什么时间起，越来越多的人把关公作为全能保护神、行业神和财神，人遇有争执时，求彼明见决断，旱时人们又向彼求雨，又可求病人药方，被人视为驱逐恶鬼凶神之最有力者……想不到，赵明也信奉这个。若不是李阳爆料，打死也不相信。

此言一出，在座的都惊呆了。供奉关公，说是事，就是事，说不是事，就跟放屁一样，风一刮就没了。说白了，现在这年头谁不供点啥啊，明里不供暗里供，自己不供老婆供，心照不宣罢了。但是，李阳把话摆在了桌面上，这就是个问题了。

都把目光聚焦在刘部长那里，在座的就属他的乌纱帽大。刘部长敛了敛面部肌肉，盯着赵明："真的有这回事？"听刘部长的口气，似乎有点生气。

赵明点了点头。

李阳更加得意："关公是中国民间普遍供奉的善神之一，每逢新年，家家户户悬挂关公像，希冀关公保佑，以求大吉大利。吉，象征平安；利，象征财富。人生在世既平安又有财，自然十分完美，这种真切的祈望成为人们的普遍心理。赵局长若在家里供奉也就罢了，把关公像贴在门外的墙上，一边写着'添丁进财'，一边写着'祈求平安'，什么意思？如果是一般老百姓无可厚非，但是赵局是共产党员，是领导干部……"

刘部长瞪了李阳一眼，没好气地说："够了，不要再说了。"

赵明家门口的关公像是市区开烩面馆的张军给贴上的。张军是个下岗工人，为了供养两个上大学的儿子，为了给躺在床在上的父亲治病，一狠心，借了几万块钱，和妻子租了两间门面房开了一家烩面馆。夫妻两个本分经营，生意虽不是十分的火爆，但维持一家老小的生计还是绰绰有余。四年前，一场大火烧毁了烩面馆，所幸没有人员伤亡。赵明得知情况后，把自己买房子的钱取出来，借给了张军20万，又按照正常程序，给张军免除了税款。张军的烩面馆这才起死回生，东山再起……为了感谢赵明，到了年终，张军买些礼品去看望赵明。第二年，赵明就坚决不让张军去了，连门都没给赵明开。张军过意不去，思来想去，在赵明家的门口贴了一张关公像，说关公很灵验的，也祈求关公保佑赵明。

赵明说到这里，解释道："张军的意思是说，既然我不接受他的钱财，就让财神保佑我。关羽一生忠义勇武，坚贞不二，为佛、道、儒三门崇信。明清时代，关羽极显，有'武王''武圣人'之尊，由此关羽被世人附会成具有司命禄、估科举、治病除灾、驱邪避恶等全能法力，民间各行各业对'万能之神'关帝顶礼膜拜。人们之所以奉关公为财神，是大概是因为关羽不为金银财宝所动，与一些世间贪利忘义之徒形成了鲜明的对比……所以，我也就没有理会张军的行为，反而把关公当成了一面镜子：我每天出门、回家，看到关公就反省自己，做没做违背良心道义之事，做没做对不起老百姓的事……"

没等赵明把话说完，刘部长就忍不住说道："老实讲，我也敬佩关公的忠诚和信义，我也希望我们共产党人，我们的执法者，能够以人为本，秉公执法，让老百姓由奉关公为公正人改为供奉共产党，我期盼这一天早点到来！我也希望咱们的队伍里多一些赵明这样的人！"说罢，带头鼓掌。继而，整个会议室掌声雷动，经久不息。

最好的图片

阿文是名摄影记者，遇到一个好的新闻素材，当他举起相机要拍时，发现当事人跳楼了，他扔掉相机，双手接住了女孩。他没有拍到相片，但获得了业内最高奖项。

阿文大学毕业那年，竞聘到了当地一家日报社，做了一名摄影记者。由于他的勤奋和执着，已经在单位，不，应该说是整个新闻界崭露头角，小有名气。在一次酒桌上，报社老总王石曾对阿文说，小子，好好干，你有可能会成为我们报社历史上最年轻"金鹿"新闻奖的获得者。

"金鹿"新闻奖是这家报社设立的最高奖项，每三年一届，每届一个名额。国内同行不但认可这个奖项，而且还给予了很高的评价。

每次颁奖晚会都很隆重，业内权威人士和当地政府官员到场颁奖，还有当红明星演出助兴。因此说，报社的同行们都能以获得这个奖项为荣。

当时阿文笑了笑，知道王总说的是醉话，还是装作感激不尽的样子说，谢谢王总的栽培！虽然阿文知道王总说的是醉话，但是，自己已经动心了。为了得到这个莫高的荣誉，阿文拿出自己的积蓄，又向女友小婵借了一些，花费十几万，买了一架豪华的相机。工欲善其事，必先利其器吗，没有一个好相机不行。从此，阿文一直在寻找机会，打算拍摄一张具有震撼力的作品，获得"金鹿"新闻奖。小婵也曾明白无误地告诉他，要结婚可以，拿到"金鹿"新闻奖再说。

机会说来就来了。这一天，阿文接到王总的电话，让他立马到新华小区去，说一位女的因举报丈夫贪污受贿，遭到丈夫殴打，女的不堪欺辱，从阳台上爬出来打算跳楼自杀……

妻子举报丈夫，反遭丈夫毒打！这本身就是个很吸引人眼球的新闻。在接到王总电话任务的那一刻，直觉告诉阿文，他的机会来了。

阿文住的地方离新华小区很近，五分钟后，阿文赶到了现场。阿文松了一口气，那个女的还没有跳楼，不过身体已经悬空，随时都有掉下来的危险。现场已经围观了不少人，有小区的居民，有当地的领导，有警察和消防官兵，有各级媒体的同行们……阳台里面一个男人正在使劲拽着这个女人胳膊。他们所在位置是五楼。如果从楼下掉下来，女人必死无疑。隐约听到男人和女人的对话：

女人说："你放开，你放开！"

男人说："你上来，你上来……我听你的还不行吗？"

女人说："我不再相信你的话。我对你已经彻底失望了。"

……

女人一头长发，穿着一件红色的裙子，在微风的吹拂下，飘飘摇摇，摇摇欲坠。女人悬空的双腿使劲伸缩着，似乎想努力挣脱男人的控制……画面惊险，刺激。

阿文打开相机，调整焦距，随时准备拍照。

警察在下面做女人的思想工作。

忽然，女人挣脱男人的手臂，从楼上掉了下来。

啊！众人都给惊呆了！阿文来不及多想，甩掉手里的相机，箭步跑到楼下，伸开双臂接着了那个女人。"咚"地一声闷响，巨大的冲击力也把阿文砸晕在地……

两个人被现场的救护车送到了医院。所幸的是，女人只是情绪有点激动，没受一点伤。阿文的胳膊骨折了，无生命危险。

报社的同行都来医院看望阿文，王总也来了。

阿文内疚地说："王总，对不起，我没有完成任务。"

王总没有接阿文的话茬，说："阿文，你的相机也摔坏了……你后悔吗？"

阿文说："王总，我不后悔，毕竟挽回了一个人的生命……常言说，救人一命，胜造七级浮屠。"

王总点了点头。

阿文又说了一句："王总，我没有拍到照片……"

王总打断阿文的话，说："不，你虽然没有拍下照片，但你的形象已经定格在大家的眼睛里，其震撼力可能已经超越了历史上最好的图片……你相机摔坏了，报社破例给你购置一台。同时，社里已经决定，这一届要把金鹿奖给你，因为你是一个合格的新闻工作者！"

站在领奖台上，阿文深有感触地说："作为一个新闻工作者，缺少的不是机会，而是人性与良知！"

颁奖之后没多久，阿文和小婵也步入了婚姻的殿堂。

路　神

　　小羊每天放学，翻山越岭走夜路回家，心里很害怕。爷爷告诉她，玉皇大帝把何五路封为路神，掌管着天下东、南、西、北、中五条路，保佑走路的人平平安安……其实，真正护送小路回家的是她的老师。

　　入了冬，日头也怕冷似的，早早躲进了山坳里。下午一放学，小羊就背起书包急慌慌往家赶。学校离家有四五里路，中间要翻越一座山、两道沟。刚开始，小羊是跑，跑着跑着，就累得出一身的汗，上气不接下气，跑不动了，走，走得东倒西趔，也不敢停歇。尽管这样，往往是小羊走到半路，夜幕就低垂下来，好像急着去给日头当被褥。路边的石头，白天看像是一头牛，到了晚上，就变成了张牙舞爪的鬼怪，吓得小羊不敢正眼去瞅。山林中叫不出不知名的鸟儿，也趁着黑夜，不知羞地卖弄着不着调的歌喉，一惊一乍的，怪瘆人。

　　爷爷腿脚不灵便，只能到山口那儿接小羊了。小羊的爸爸妈妈都到外地打工去了，爷孙两个相依为命。

　　这天黄昏，见到爷爷，小羊一头扎进爷爷怀里，呜呜地哭起来，半天都止不住。她是个懂事的姑娘，心里恐惧，不敢告诉爷爷，怕爷爷担心。爷爷知道，小羊除了委屈，更多的是害怕。一个七岁的小女孩，走夜路，并且还是山路，能不害怕吗？握着小羊冰冷的小手，爷爷心里叹道，说："小羊，别害怕，有路神保护着呢。"

　　"爷爷，什么是路神啊？"小羊天真地问。

　　"路神啊，就是神仙。玉皇大帝把何五路封为路神，掌管着天

捡来的家

下东、南、西、北、中五条路。当时众神皆笑道，天下之路还用管吗？天下之人，无路不创、不开、不走，谁听你？观音菩萨说，人有心，有心者，心中有路才有路，心中没路，走投无路。每时每刻有多少人因心中无路要上吊、投河……福路、禄路、寿路、喜路、财路，连着福缘、禄缘、寿缘、喜缘、财缘，不通行吗？观音菩萨言之有理，众神这才无话可说。从此，何五路掌管起天下东、南、西、北、中五条路，保佑走路的人平平安安。"

"爷爷，能看到路神吗？"

爷爷说："凡人是看不到的……你在前面走的时候，路神就在后面跟着，保护着你，所以不用害怕。"

"爷爷，我今天回来，就见到路神了……接连好几天了。"小羊的心里渐渐亮堂起来，说话也有了底气。

"你见到了？"爷爷吃了一惊，关于路神他也是听老辈人讲的，讲得有鼻子有眼，不由得不信。不过，他自己倒没有遇到过。小羊今天碰到的是什么？真的是传说中的路神？

小羊说："上山那会儿，我在前面走，总感觉后面有人，能模模糊糊听到脚步声，有时还有轻微的咳嗽，有时还叫我的名字呢，吓得我也不敢回头，使劲跑……原来是路神啊。"

小羊的描述跟老辈人讲得不差上下，看来真的是有路神。爷爷说："小羊，不能回头看。我爷爷说过，有一天早上起来，他的眼睛无缘无故地肿了，村里的老人说他是见到了路神，冲了煞气，所以才会眼肿，最后请了一个岁数很大的老人在路边烧了几刀黄纸念叨一番，三天后爷爷的眼睛才转好。"

第二天星期六，小羊没有去上学。学校唯一的一名教师杨老师家访来了。杨老师今年七十岁，在学校里教了一辈子的书，因为生源少，地方又偏僻，没有人愿意来这里教书，杨老师是校长兼老师，除了校务，还负责着小学一至五年级、二十多名学生的全部课程。

见到杨老师，小羊和爷爷都很高兴。这是杨老师第二次家访，上一次是小羊刚入学的时候。杨老师上了年纪，来一趟要走几个小时呢。

"杨老师，真的是谢谢你……学校那么多学生，真的是难为你了。"说着话，爷爷去鸡窝掏鸡蛋。

杨老师知道小羊的爷爷要给自己炖荷包蛋，忙去阻止了他。鸡窝就是山里人的银行，杨老师是知道的。说："除了小羊，还有三四个同学都离学校比较远，有的翻山，有的越河，我不放心啊。现在天黑得早，担心他们在路上出了意外。每天放学，我只好挨个护送一段，等这个到了安全路段，再拐回来去送那个……小羊跑得快，我每次都赶不上，只好远远地在后面送一程。"

小羊恍然说道："杨老师，我爷爷说您是路神呢……哼，爷爷骗人。"

"路神？"一时间，杨老师丈二和尚摸不着头脑。

爷爷笑了，笑得眼泪都出来了。

杨老师明白原委后，语重心长地说："小羊，道路怎么走，全靠你个人。真正的路神不是别的，是你自己！"

多年后，小羊大学毕业回到村小学当上教师，才彻底懂得杨老师说的话。

我认识你们局长

一个漂亮的女孩出现在单位门口，声称要找局长。一时间，单位的人众说纷纭，莫衷一是。直到局长出现，才真相大白。

捡来的家

将近中午的时候，门卫王曦看到一个女孩从一辆出租车上下来，风摆杨柳般朝他这边走来。王曦的眼睛直了——这女孩太漂亮了，要身材有身材，要个头有个头，波浪似的一袭黑发，富士苹果似的脸蛋……

"帅哥好！"女孩嫣然一笑，朝王曦招了下手就进了大门。

"哎，你等等！"王曦回过神来，欲上前阻拦。

"有事吗？"女孩站住了。

"你找谁？还、还没登记呢。"王曦不敢直视女孩的大眼睛。

女孩这才回到王曦那里，在登记本上填写信息。女孩登记罢刚要走，王曦又叫住了她。王曦看了看登记信息，知道女孩要找的人是张局长。

"你是张局长的什么人？"王曦问道。前一段曾有一个小偷蒙混进去，趁着张局长临时有事走开，把局长的办公室翻得一片狼藉，幸亏没翻出什么东西。去年，还有一个搞传销的进了单位，说得口吐白沫天花乱坠，让领导们很是不快。

女孩微蹙着眉头，说："我不是张局长的什么人，但我认识他。"

王曦撇了撇嘴："我还认识联合国秘书长呢。"

女孩眉毛一挑："你什么意思？"

"张局长是公众人物，经常上电视、报纸，认识他的人多了。"王曦说罢，就后悔不迭，心说这个女的是不是跟张局长有某种特殊的关系？是他的小三？还是在洗浴中心认识的？……想到这里，王曦的额头上渗出了细密的汗珠，忙对女孩道歉，"不好意思，您请进吧。"

女孩这才背着坤包屁股一翘一翘地进去了。

女孩刚走到办公楼下面，只见从楼上走下来好几个人，手里都端着快餐杯，原来午饭时间到了，他们要去吃饭。

这几个人下楼后，似乎无视女孩的存在，直接去单位的食堂了。

恰好这时楼上又下来一个小伙子，手里也端着快餐杯。女孩截住了他："同志，你们张局长今天在吗？"

小伙子指着前面几个人的背影，说："张局长去吃饭了，你刚才没看到？"说罢，小伙子疑惑地看了女孩一眼，然后走开了。

小伙子很快给王曦打了个电话，让他赶紧把女孩轰出去。

什么？女孩不认识张局长？难道是冒充小姐来敲诈的？王曦吓坏了，忙顺手打了110，随后小跑过来要赶女孩走，女孩不走，说非要见张局长不可。

这时候，小伙子带着张局长，还有其他几个副职围了过来。

张局长问女孩："姑娘，你认识张局长吗？"

女孩说："不认识，不，认识。"

围观的人都轰地声笑了。

张局长说："认识？你说说他长得什么样？"

"张局长他、他腰里有个伤疤。"说过之后，女孩的脸变得更红了。

其他几个人都相互看了一眼，意味深长。他们觉察到了不对劲，但是，这个时候走也不是，不走也不是。

"胡闹！"张局长的脸色更是难看。

这时候，两名一瘦一胖的警察赶来了。王曦忙上前说了个大概。

胖警察并不觉得女孩有问题，反而觉得张局长真的是有问题，他冷笑地问女孩："你是怎么认识张局长的？"

女孩说："我不认识张局长。"

胖警察说："不认识为什么来找他？不认识怎么知道他的腰里有伤疤？"

女孩说："上周张局长去南湾村慰问困难百姓，得知王大爷的屋顶漏雨，就亲自上去帮助整治，一不小心从屋顶上掉了下来，腰

捡来的家

给摔伤了……我上次回家后，爷爷怕他没好利落，让我给他带来了两贴膏药。"说到这里，女孩从自己的包里掏出两贴膏药。

张局长恍然明白，说："你爷爷是村口的老贵叔吧？太谢谢他了，他的膏药太灵了，我的腰早就不疼了。"

……

原来如此！围观的人这才三三两两散去，他们全都一脸的失望，感觉太没意思了。

特殊的考试

拍卖行收到一幅价值连城的古画，起拍价只有区区 10 万元。面对诱惑，正在实习期的拍卖行工作人员王曦会怎么做？

王曦只有高中学历，仅凭着对古玩的一腔热情，被一家拍卖行破格录取。拍卖行里的不少同事颇有微词，说王曦有什么优势啊，他没有可以利用的关系，连八竿子打得着的也没有，跟单位带不来一丁点好处；又不是漂亮的女孩，可以出去公关，也没有漂亮的女朋友，可以帮他公关；更没有专业的知识，只是一个高中毕业生，有何用啊？

这些风言风语传到总经理的耳朵里，他没有解释，也没有多说什么。他说什么好呢，有什么好说的呢，王曦当时是毛遂自荐到这里来的。王曦说，我一天不吃不喝可以，不研究古董则寝食难安！总经理随口问道，你什么专业？王曦说，我没文凭，但没文凭不代表没水平？这样的例子太多了，不用我一一列举吧？就这两句话，总经理脑子一热，就把王曦留下了。说先试用三个月吧。

在试用期即将结束的前几天，拍卖行的工作人员小张收到一件字画——《弘历鉴古图》，字画的主人给的起拍价是 10 万元。字画主人走后，小张仔细观察这幅字画，发觉自己看走眼了，这幅画是现代仿制品，连 1 万元也不值，打算立马退回去。当时，王曦也在场，他上前仔细看了看字画，连放大镜也没用，就说是真的。

在场的有小张、王曦，除了总经理没在现场外，还有拍卖行的其他同事，他们却都说小张的眼光绝对不会有问题，王曦纯粹是胡扯淡。这里顺便说一句，小张是总经理的亲弟弟。他们有没有拍马屁的成分不得而知。

王曦坚持自己的立场，侃侃而谈："《弘历鉴古图》，又名《乾隆帝是一是二图轴》、《清人画弘历是一是二图轴》，表现的是乾隆皇帝鉴赏古物的情景。乾隆的左眉毛中间是断开的，画家在作画的时候'似是而非'，知道的人能看出眉毛中间是断开的，不知道的人不加分辨很难看出……其实，这幅画的构图是宋朝画匠的杰作，是乾隆皇帝自恋，要求画家把图画上的主人公换成自己而已，当然，也不是简单模仿，宋画中的人物是赤脚的，乾隆皇帝的衣服巧妙地遮挡住了脚；宋画中的人物是俯视的，乾隆皇帝是微微仰视的，再现了一代帝王的气魄。"

有人将王曦的军："如果你看走眼了呢？"

王曦微微一笑，一拍胸脯："如果这幅画是赝品，我拍屁股走人。"

众人这才无话可说，但他们都抱着幸灾乐祸的心态等着看王曦的笑话。

就这样，这幅画在王曦的干预下留了下来，使字画进入正常的拍卖程序，最终以 50 万元的价格成交。

此事过后不久，王曦就被总经理聘为总经理助理。

这一回，拍卖行里的人真的不服气了，甚至到总经理那里质疑，发牢骚。也难怪，他们有的资历深，有的有门路，有的学历高，有的能喝，有的会说，总之，随便拉出一个，都比王曦强。王曦有啥呢？哈巴狗咬兔子，要跑没跑，要咬没咬。虽然这次他侥幸露一手，也是瞎猫撞上死耗子。

总经理说："从《弘历鉴古图》这幅字画中，不但可以看出王曦的鉴赏水平，同时也看出了他的人品。"

众人不解。

总经理说："如果王曦有点私心的话，不声张，任凭小张把字画退回去，然后打听出卖家，再给卖家送10万元钱，那么这件东西就成他的了？是不是？但王曦没有那么做……干我们这一行的，可以犯技术上的错误，但绝对不能犯良心上的错误。我们拍卖行需要的就是像王曦这样德才兼备的人！"

王曦不知道。小张是总经理派来"考试"他的，幸运的是王曦抓住了机遇，通过了"考试"。一旦这次他"考试"不及格，不但不会被提拔，还会被炒鱿鱼。当然，即便他想把这幅字画占为己有，也会狗咬尿泡，空欢喜一场。

选择题

拍卖行收到一幅价值连城的古画，起拍价只有区区10万元。面对诱惑，正在实习期的拍卖行工作人员王曦会怎么做？

受世界金融危机的影响，大多数企业经营困难，举步维艰，似

随笔随语

乎到了生死存亡的关头。自然，天桥广告公司也遇到了前所未有的冲击，客户的效益不好，会来这里做广告吗？董事长高瞻远瞩，审时度势，采取了一系列积极应对措施：在外部，对客户给予优惠政策，降低一定比例的广告费用；在内部，压缩一切不必要的开支，挖潜增效，等等。尽管如此，整体形势还是不容乐观。

兔子先生刚到天桥广告公司不久，看在眼里，急在心里，决定露一手给董事长看。他把自己的想法告诉董事长。董事长半信半疑，说这样行吗？

兔子先生拍着胸脯说，董事长，如果这个主意不行，我先拍屁股走人。

董事长这才点点头，说就按你说的办。

很快，天桥广告公司内部风言风语地传言，说公司要裁员，以便达到减员增效的目的。

细想想，这也不是没有可能的。世界汽车三巨头都减产裁员了，何况天桥广告公司呢？一时间，人心惶惶，都害怕自己被裁掉了。现在这年头，就业形势这么严峻，不害怕下雨下雪，就害怕下岗。大家就在猜测，裁人是论资排辈按工龄？还是凭关系？抑或是靠本事实力？

于是，有关系的找关系，没关系的也四处托人说情，有的甚至亲自找到董事长，鼻涕一把泪一把地哭诉，说董事长，我在咱这公司干了十多年，没功劳也有苦劳，您不能说撵就撵，让我卷铺盖离庙吧？

董事长说，有人传言公司要裁员，说实话，公司是有这个想法，但是，留谁裁谁呢？都是一个战壕里的战友，我也很为难。不过，裁员的方案我交给了兔子先生，他还没拿出来。你们可以先去找他问问。

捡来的家

就这样，董事长把皮球踢给了兔子先生。

董事长这么一说，天桥广告公司的职员都去兔子先生那儿打探消息。

市场部的樱桃来了。

没等樱桃开口，兔子先生就抛了一个问题给她：樱桃小姐，你认为公司少了你还能正常运转吗？请你回答能还是不能。

如果回答能，就得直接走人。樱桃很坚决地回答说，不能！

兔子先生说，好，我不需要你的解释。不过，我会把你的答案告诉董事长的。

业务部的鸭梨也来找兔子先生。

兔子先生说，鸭梨大哥，你认为公司少了你还能正常运转吗？请你回答能还是不能。

不能！鸭梨也是很坚决地回答道。

兔子先生说，好，我不需要你的解释。不过，我会把你的答案告诉董事长的。

客服部的柠檬来了。

兔子先生说，柠檬妹妹，你认为公司少了你还能正常运转吗？请你回答能还是不能。

柠檬低着头，默了半天，然后一扬头，一字一顿地说道，不能！

兔子先生说，好，我不需要你的解释。不过，我会把你的答案告诉董事长的。

……

毫无疑问，大家选择的都是"不能"！

兔子先生把答案告诉给董事长，董事长不明就里，皱着眉头说，这怎么可以，一个都不愿意走啊。你搞得什么玩意？

兔子先生笑了笑，很自信地说，董事长，从这个月起，咱们公司就要扭亏为盈，实现盈利！

等着月底你走人吧。董事长根本不相信，说罢转身就走。

让董事长想不到的是，从这一天开始，员工的面貌大为改观：每个人都踏实敬业，从一点一滴做起，勤奋工作，不断进取，圆满完成各自的工作任务，力争担当起公司里重要的角色，让大家看到公司少了自己不可以正常运转。如客服部的柠檬，注重礼仪学习，每晚咬筷子两个小时，有了"八颗牙"的微笑；业务部的鸭梨，一改过去的广告模式，跟服装厂合作，跟影视公司合作，跟出租车公司合作，等等，以较小的投入来推介客户的产品和形象；市场部的樱桃，除了人体彩绘外，频频参与电视台的征婚栏，在推介自己的同时，宣传天桥广告公司，扩大公司的影响……在全体职员的齐心协力下，天桥广告公司起死回生，生机勃勃，效益也一日好似一日，当月就实现了盈利

自然，天桥广告公司也并没裁走一名员工。从此，董事长对兔子先生刮目相看。

偷

小雨是一名四年级的学生，经常偷东西。后来在支教老师的教育下，改邪归正，不偷东西了。不料，当支教的老师打算返程时，小雨居然偷到了老师的头上。

我到靠山屯小学去的时候，学校的情况超乎我的想象，当时心里凉巴巴的。硬件设施倒是不错，教室是去年新建的，桌椅板凳也

都是建校时配置的。学校只有一个老师兼着校长，是当地人，高中文化程度，年龄五十多岁，他一个人兼着一到五年级的全部课程。学生的学习成绩普遍差倒还在其次，关键是学生的素养，不知道爱护公物，不知道尊老爱幼，等等，毛病多了。老校长摇摇头，苦笑着对我说："这些孩子没有教养……他们的父母都外出打工了，跟着自己的爷爷奶奶，家庭教育这一块缺失啊。"

常言说，既来之则安之。支教一年，很快就会过去的。于是，我就打定主意留了下来。

当天晚上，就验证了老校长所言不虚：大约九点钟，我刚走到厕所，发现没有带卫生纸，就又折返回来，隔老远，就看到一个孩子从我的屋子里跑了出来，趁我一愣神的工夫，那个孩子已经跑远了。我回到宿舍检查了一下，发现只是丢了两袋桶装方便面。闻讯赶来的老校长说，一定是小雨那孩子干的！接下来，老校长给我介绍了小雨的情况。

小雨是四年级学生，不好好学习，每次考试都是倒数第一。他五岁那年父亲在建筑工地出了意外，半年后，母亲到城里打工了，多年没回来，连个音信也没有，是死是活不知道，小雨跟着七十多岁的爷爷……爷爷年纪大了，身体不好，管不了他。小雨这下成了"孙猴子"，想咋着就咋着，今个儿偷东家的番茄，明个儿偷西家的黄瓜，只要哪家没锁门，他就进家乱翻腾，见啥拿啥，主要以吃的为主。

我点点，说我明白，这孩子是饿坏了。

老校长说，他家吃着低保，城里一个爱心人士每月给他们家寄五百块钱呢，日子还过得去……这孩子若不管教，将来肯定是败家子。

我的钱包、手表、手机都还在，说明这孩子良心未泯，还是能教育好的。家教缺失，学校把这一块补回来，应该可以的。针对当下的情况，我给老校长建议，增加传统文化教育，让学生首先知道感恩。老校长晃着头发稀疏的脑袋，附和道，中、中、中。

从第二天早上开始，上课前，我带领全体学生读一遍《弟子规》，每天放学前，我带领学生们诵读《感恩词》。课余时间，我给他们讲那些名人传记，讲爱迪生，讲牛顿，讲比尔盖茨，讲刘胡兰，讲雷锋，讲郭明义……有时间我还陪他们一起玩，滚铁环，丢手绢，也玩狼捉小羊的游戏。

一个月后，我到小雨家里去了一趟。我去的时候，特意把男朋友从城里给我带来的一箱方便面给带了过去。小雨的爷爷一边说着感激的话，一边不住地抹眼泪。小雨躲在一边，怯怯的样子，什么话也不说。临走的时候，我塞给了小雨的爷爷两百块钱。推让半天，小雨的爷爷才收下。小雨送我到门口，走了很远，才弱弱地对我说："老师，我爷爷没有吃过方便面，我、我……"我抚摸着小雨的头，打断了小雨的话："小雨，没事的。以后想吃什么跟老师说好吗？"月光下，我看到小雨使劲点了点头。

渐渐地，学校的那些孩子们喜欢上我了，有的从家里给我带来一个煮熟的鸡蛋，有的从家来给我带来一把新鲜的蔬菜，数小雨送的次数最多。

期中考试的时候，大部分学生的成绩在原来的基础上都有了一个很大的提高，小雨也从倒数第一进到了前十名。

转眼一年时间即将过去，我发觉自己喜欢上靠山屯这个地方了，每天都能看到蓝天白云，每天都能呼吸到新鲜的空气……男朋友的电话一个接一个，催促我回去，回去。怎么办？是走还是留？我犹豫不决，总是拖一天又一天。

忽然，有一天，我接到一纸调令，让我到市二小报道。我知道，这都是男朋友的"功劳"。唉，先把这一天的课上完再说。

我上的是三年级的课，刚从教室出来，老校长就把小雨给提溜过来了，说小雨偷了我的东西。

我诧异地看着小雨，他却低着头，看样子是真的了。

"小雨，你、你……"我心痛地说不出话来。

"老师，校长说来了一封调您走的信，我不想让您走……我偷了信，您就走不成了……"小雨哽咽着抬起头，泪流满面。

抢劫案发生之后

抢劫案发生后，公安局刑侦大队紧急召开会议，打算讨论这起案件，制定侦破方案。会议在刑侦队长孟友缺席的情况下召开。会议期间，忽然接到关于孟友出事的电话。

早上一上班，刘局长就让秘书小王通知刑侦大队全体人员开会。得到通知，大伙儿都知道刘局长的脾气，也知道公安局的会不同于学习红头文件那么简单，局长亲自主持会议，肯定是十万火急的事情，都不敢怠慢，有的本来想去厕所方便一下的，这时候也得把屎尿憋回去，一个一个跟家里失了火似的，比兔子窜得还快，直奔会议室。

八点十分，刘局长准时出现在会议室门口。他扫视了一圈，脸便黑了下来——刑侦大队大队长孟友的座位空着。

小王小声说道，孟队的手机关机了。

刘局长说，通知媒体没？

小王忙说，刚刚通知过了，电视台、报社声称九点前到。

刘局长点点头，说关机？孟队关机？扣除他一个月工资！局里规定，全局上下 24 小时手机处于畅通状态。自打这个规定出台后，局里曾测试过几次，没有一个人关机。孟队却敢关机，这不是吃了熊心豹子胆？

副大队长老叶说，早上六点十分还给孟队打过电话，说马上来局里。

马上？马上？两个小时，是只老鳖也该爬到了。再打！刘局长气呼呼地说。孟队在老区住，若搁平时，也就二十分钟的时间。

还是打不通。小王委屈地说。

那就打通了再开会！刘局长瞪着小王，好像孟队的迟到是小王的责任。

小王低下头，泪花在眼里闪烁，手却没闲着，一直在拨打孟队的电话。

会议室很静，静得每个人只能听到自己的呼吸声。

老叶迟疑了一下，说刘局——

孟队的电话打通了？刘局长盯着老叶。

老叶摇摇头，说我担心孟队是不是出了什么意外？

意外？刘局长冷冷一笑，说孟队的身手你不是不知道，三五个人到不了跟前，他能出什么意外？谁都有可能出意外也轮不到他出意外。

老叶张了张嘴，什么也没有说。

那就等，孟队啥时间来了啥时间开会。刘局长咬牙切齿道，那样子像是孟队挖了他家祖坟似的。

墙上的石英钟"哒、哒"地响着，不急不躁。

十分钟过去了，孟队没有来。

二十分钟过去了，孟队还没有来。

半个小时过去，孟队还没有来，电视台和报社的记者来了。刘局长终于发话了，说不等了，开会。接下来，刘局长就把凌晨六点

捡来的家

发生的抢劫案简要叙述了一遍：早上六点钟的时候，和平小区发生了一起抢劫案，受害者被刺两刀，伤势严重，目前正在医院抢救，犯罪嫌疑人已经逃之夭夭。

说到这里，刘局长"啪"地一拍桌子，说："同志们，人民财产受到损失，犯罪嫌疑人逍遥法外，此时此刻，我们的孟大队却不知道在哪里逍遥自在……假如受害者是我们的亲人，我们还能这样吗？同志们呐，可不敢这样啊！"说这一番话的时候，刘局长恨铁不成钢，一副痛心疾首的样子。

时间一分一秒过去了。刘局长还在会议室里口若悬河，滔滔不绝："第一，我们要高度重视，首先成立以我组长为首的指挥部……"

将近九点半钟的时候，小王的电话忽然响了，是医院的电话，说孟队在医院。

刘局长隐约听到了电话内容，停下他的讲话，说孟队在医院？真是胡闹，现在受害者需要的是专家，他去不是添乱吗？赶紧让他回来，先关他的紧闭再说！

小王看了刘局长一眼，怯怯地说，刘局，刚才是医生的电话，说孟队身受重伤，正在市人民医院抢救。

什么？什么？刘局长给搞糊涂了。

这时，刘局长的电话也响了，是110的同志打来的，说抢劫犯抓住了，抓到他的时候，他的刀还在孟队的肚子上扎着，若不是孟队忍着剧痛死死抱住，说不定又给跑掉了……孟队的手机在搏斗的过程中摔坏了，所以一直打不通。如若不是过往行人看到报警，后果不堪设想。

医院！刘局长对小王吼了一声，飞奔出了会议室。好在市人民医院就在公安局隔壁，五分钟不到，他们就到了医院。

孟队因失血过多，亟需输血。刘局长撸起袖子，上气不接下气地对医生叫道，我是 O 型血，抽我的！我是 O 型血，抽我的！

启明小学

赵启明是村里唯一有能耐的人，乃至后来当上了当地教育局的局长。村主任老贵为建校的事找到他。他却摆出了爱莫能助的姿态……最后，村里建起了以他名字命名的小学。

靠山屯小学原来是一座庙，有些年头了，墙是那种用土和麦秸混合后夯起来的，只有四边墙角是用规则不一的石头垒起来的，屋顶是用红瓦一块一块铺上去的（原来是草，改成学校后换过来的），说是红瓦，颜色已经变得淡了许多。窗户是用塑料薄膜蒙上去的，稍微有一点风吹草动，呼啦呼啦响，像是出鬼了。若是冬天，屋子成了冰窖，冷得坐不住人；若是雨天，屋外大雨，屋里小雨……像是一个风烛残年的老人，看着就让人心酸。

村主任老贵愁得不行，没少往乡里跑。弄得到了后来，乡政府的人见了老贵，能躲就躲，不能躲就拖。也不能怪乡政府不作为，本来就是穷乡僻壤，交通不便，没有厂矿，去哪里弄钱？有一任乡长曾对老贵说过这样的话："老贵，我要是能屙钱，谁不给你屙谁就是龟孙。"

就在老贵绝望的时候，他的眼里又有了火苗——从靠山屯小学走出的赵启明大学毕业了，分配到了本县教育局。这可是本村唯一在外干事的人。

不单是老贵，不单是靠山屯的男女老少，连乡里的人也觉得这一次大有希望。

老贵去找赵启明，知道他是一般科员，让他给领导建议建议，政策给靠山屯倾斜一下。

对于靠山屯小学的情况，赵启明心里跟明镜似的，答应得很爽快，说靠山屯的校舍早就该翻修了……再穷不能穷教育，再苦不能苦孩子。

老贵听了这话，眼泪都差点掉出来。

春种了，秋收了，还不见有动静。老贵又去找赵启明。赵启明为难地说，他当不了老一的家，让老贵再等等，再等等。

结果等了一年又一年，一直等到赵启明当上局长。

都说，这下该有戏了。赵启明现在是局长了，老一了，建个小学那是小菜一碟，根本就不是个事。

这一次，老贵没那么积极，心说赵启明不是不知道靠山屯的根梢。没想到，秋去了，冬来了，赵启明愣是连个屁也没放。

老贵忍不住，又去找赵启明。

老贵去的时候，赵启明正在办公室练习书法。

赵启明放下毛笔，洗了洗手，一边给老贵倒水一边说，老贵叔，咱农村有句俗话，不当家不知柴米贵。我当了局长，才知道财政上那点钱用来开展全县的教育工作无异于杯水车薪，点眼都点不过来。

老贵不知道"杯水车薪"啥意思，但他知道"点眼"的含义。

赵启明说，老贵叔，你难，我也难……不知道的人，以为我是爷，其实孙子都不如。老贵叔，求人不如求己，村里再想想其他办法。

没有办法可想了。老贵叹了口气，很是失望。

赵启明说，那就再等等，再等等。

一个月，两个月；一年，两年……老贵失望了，靠山屯的人也失望了。私下里都说，纪委揪走了那么多的贪官，咋没把姓赵的提溜走呢？说实话，村里人都巴着赵启明出事呢。

直到赵启明退休，他也没出事，靠山屯的小学还是闺女穿她娘的鞋，老样儿。

赵启明退休后，回到了靠山屯。村里人见了他仿佛不认识他似的，有的当面吐口水，有的指鸡子骂狗，有的气不过，还要冷嘲热讽几句，什么"好狗护三村，好汉护三邻，有的人竟连狗都不如"等等，类似的话。遇到这样的情况，赵启明低着头，默默离开。有什么好辩解的呢？

赵启明知道村民对他没好感，也就不怎么出门，每天在家里练书法。到了春节，他给村里人免费送春联，有的直截了当，说有了，不要；有的接了，却没往大门上贴。村里人不稀罕他的书法，有人稀罕他的书法。经常有小车"日"得声来了"日"地声走了，都是来买的他书法作品的。

老贵曾拦住一个来买赵启明书法的人，说姓赵的字有啥看头？歪歪扭扭，跟老鳖爬似的。

这个人笑话老贵不懂书法，说赵启明的书法，非隶非楷，非古非今，单个字体看似歪歪斜斜，但总体感觉错落有致，别有韵味，有郑板桥的遗风。

老贵摇摇头，他不懂得什么桥什么风的，他眼下最关心的是靠山屯小学。

有一天，赵启明交给老贵一个存折："老贵叔，这是我的润笔费和积攒起来的工资，三十万，把靠山屯小学翻修一下吧。"

接过存折，老贵的眼角湿润了。

等到学校竣工那天，赵启明拿着自己写好的"靠山屯小学"赶到现场，他忽然发现大门上挂着白底黑字的"启明小学"的牌子。在阳光的照射下，黑是黑，白是白，黑白是那样的分明。

碑

老杨栽了 10 年的树，漫山遍野绿油油的，村主任老贵感动得不行，请他立块石碑，记录老杨的丰功伟绩。碑，竖起来了，内容却截然相反。

看着满山遍野的小松柏，高高低低，深深浅浅，远远望去，挺像那么回事。栽得早的，树干有两把粗，树冠已经郁郁葱葱；刚栽上的，枝条的颜色也透出了新绿……老杨的嘴角漾出笑意，心说，不出几年，又是一座青山。那些小松柏随着微风的吹拂，轻轻摇动枝头，好像是在向老杨点头致意；枝头晃动的"沙沙"的声音似乎在对老杨说着感激的话："谢谢！谢谢！"

这时候，村主任老贵走了过来，打老远就招呼老杨："老杨，树都栽上了，夜里你该睡安稳了吧？"

老杨长长吐了口气，点了点头。

老贵走到近前，盯着老杨花白的头发，轻叹一声，说："老杨，这些年，你没少吃苦……"

"应该的。"老杨垂下了眼帘，看着自己跑出鞋外的脚趾头。

老贵顺着老杨的目光，看了看老杨那双烂得不能再烂的黄球鞋，说："大伙儿的眼不瞎，觉得亏欠了你，没啥表示，给你立块碑吧？"

"碑？"老杨吓了一跳。

老贵说："碑。"

老杨想了想，说："好。就立块碑！"说罢，他的眼角湿润了。

　　十年来，为了栽树，老杨几乎没下过山，吃在山上，住在山上。有一次，老贵给他送蔬菜，在陡然见到老杨那一刻，吓得差点跌倒，以为遇到了野人——那次，老杨的头发几个月没理，胡子多天没刮，跟"野人"差不多。有时，盐没有了，老贵没顾上送，老杨顾不上下山采购，就白水煮面条，凑合一顿是一顿。前年夏天发生泥石流，老杨住的窑洞坍塌了，幸亏当时他在山上巡视，若不然，那次就把面本交了。当地土话，若是去世了，就说是交面本。为了购买树苗，老杨把自己的全部积蓄都用上了，包括乡里给他发的那点补助……也因栽树，老婆带上孩子远嫁他乡。

　　"老杨，就这样定了。等我把碑文弄好，再来。"老贵丢下这话，走了。

　　老贵回去不到半天就拟好了碑文：

　　1993年元月至2003年8月，村民杨泉舍小家顾大家，卖掉全部家当，自筹资金10万元，整整花费10年时间，磨穿鞋子80余双，栽树20万株。并自告奋勇担任护林员，守护山林。特立此碑予以纪念。

　　没过几天，就是中秋节了，老贵打算上山给老杨送月饼，顺便把碑文带去，让老杨过过目。到了山脚那儿，老贵一眼就看到了那块碑，是依山就势刻在一块石头上的《戒碑》：

　　1992年12月6日中午，村民杨泉来山上割草时，随手将未燃尽的烟蒂扔下山崖，酿成大火，周围农民、工人等800多人闻讯赶赴火场，奋力扑救一天一夜。但山火无情，山上的松柏、栎树等全部被毁。按照有关条例，肇事者应受到刑事处罚。本案肇事者杨泉为弥补自己犯下的错误，自愿上山植树，被免于处罚。为防止此类事件再次发生，在此竖立"戒碑"，警示登山者引以为戒。

这个老杨！老贵慨然叹了口气，心里一下子满满的。

山里人

二狗是个开农家乐的老板，给顾客算账时斤斤计较，如此精明的老板却收下了一个小男孩的冥币，这是为何？

周末，我和几个朋友驱车赶往靠山屯。靠山屯有一家农家乐，有不少野味，除了常见的野猪肉、土鸡肉、野兔等野味之外，还有一些平时不多见的蛇类、乌龟、鹿肉什么的，诸如"柴火烧狼崽肉"，"红腰豆焖乌龟"，等等。我去的次数多了，跟老板二狗熟悉，他透漏说也有一部分是圈养的，哥儿们来了当然要上真的。其实他不说我也能猜测个八九不离十，这年头正儿八经货真价实的东西不多，何况一个农家乐呢？只要客人吃嘛嘛香，吃过瘾了就行，所以我也没放在心上。

随同去的老孟，是个盖房子的，尊称房地产商，这天是他请客。刚坐下，就对二狗豪气十足地说："先来盘鳄鱼肉。"

二狗看看这个，看看那个，为难地说："老板，小店没有这个。"

老孟眼也不瞄二狗，"啪"地声甩出鼓囊囊的钱包："不差钱，上。"

二狗忙掏出烟来给我们散烟："老板，这个真没有。不信您问侯老板。"

"行了老孟，有那个意思就行了……来，土鸡一只，野兔一份……"二狗拿我当救星,我不能不出面。我知道老孟这人,在有些人面前当孙子,来这里尝尝当大爷的滋味,找找平衡。

二狗这儿有个规矩,点菜后先交钱再上菜。就这个问题我曾咨询过二狗,二狗解释说,怕客人喝多了,算账时迷糊,误以为多收他们钱了,到时掰扯不清。这倒也是,城里的酒店就有类似的情况,趁着客人喝高,最后算账时猛宰,若是遇到灵醒的客人,营业员轻飘飘一句话就给打发了,算错了。

我点完菜,二狗一算账,四百八。老孟从钱夹里捻出四张老人头。二狗死活不愿意,说俺是实诚人,饭菜也是实价格,没法优惠。

老孟又抽了一张五十的。二狗还是不愿意。

我见识过二狗的较真,劝老孟:"人家也不容易,你也不差这一星半点的,给了吧。"

老孟没说话,又掏出一张十元的。

"还差二十。"二狗伸着手,很执着,"都是有本钱的,俺不能干赔本买卖。"

我看不过去,刚要掏钱,老孟见状,忙掏出一张五十的摔给二狗:"不用找了。"

二狗也不说话,又找回老孟三十元。

"太抠了,以后打死我也不来了。"老孟黑着脸。

菜一道道上来了。味道嘛,也确实不错。气氛在酒精的滋润下活跃起来,老孟的脸色慢慢变得红润了。这就好,吃饭嘛,要的就是心情。

这当口来了一个十岁左右的男孩,高声叫道:"一碗鸽子面。"二狗笑眯眯地应答着,收下了男孩递过去的一张红色的钱币。

面条还没做成,男孩到门外边耍去了。我忍不住提醒二狗:"狗老板,你可看清楚了,他给你的可是冥币!"

"我知道。"二狗说罢，就把团在手里的冥币撕了。

"难道男孩的父亲是个地头蛇，惹不起？"我有点糊涂地看着二狗

二狗淡淡一笑："孩子得过脑膜炎，脑子不大灵醒，经常把冥币当钱使。"

老孟附和道："都是有本钱的，咋说也不能干赔本买卖啊。"听口气，完全是在嘲讽二狗。

"他也只是买碗面，没啥。"二狗不以为然。

我由衷地说："你这么好心，孩子真幸运。"

二狗说："不只是我，村里凡是开店铺的都这样对他。"

这时，服务员刚好过来端菜，她说："这个孩子是村长的。"

原来如此！我恍然大悟。

老孟放下酒杯，冷冷一笑，说："谁说山里人老实？也会拍马屁嘛。"

二狗真是傻蛋，居然没有看出老孟的冷嘲热讽，说："别说吃碗面条，吃俺身上的肉俺都舍得。"

想想也是的，谁让人家的爸爸是村长呢？二狗毕竟还受村长的领导嘛，七事八事的都要仰仗人家，宅基地啦，计划生育啦，粮食补贴啦，多了去。这么一想，我也就释然了，忙给老孟碰杯，意思是不让他再嘲弄二狗。人嘛，谁容易？！

"我明白了，村长在这里挂着账……行。狗老板会做生意。"老孟一副豁然明白的样子。

"肯定这样。"在座的一个朋友同意老孟的说法。

难道他们说的是事实？我眨巴着眼盯着二狗。如果真是如他们所说，错也不在二狗。

二狗没接我们的话茬，叹口气，说："去年秋天的一个晚上，

下起大暴雨，村长进山巡视，发现刘大爷的屋子裂缝了，忙把刘大爷背出屋子。刘大爷说他的收音机还在屋里。刘大爷孤寡一人，收音机可是他宝贝。村长就放下刘大爷，刚返回屋子，轰隆一声，屋子塌了。等到把村长刨出来，已经成了肉饼……刘大爷在屋子前跪了整整一天。"

我们几个人一下子都沉默了。

临走时，老孟不声不响甩到吧台上五张老人头。

"老板，已经算过账了，您是不是喝多了？"二狗不知如何是好。

"这个，那个，那孩子想吃啥你就做啥……"老孟头也不回，走出了农家乐。

半个月后，接到老孟的电话，邀我一起去靠山屯。我说，嘴又馋了？老孟说，那个农家乐还真有点味道。

出　警

警察胡杨出警了。等到他赶到出事地点，突然发现，遭到绑架的是他的父亲，肇事者是他的儿子！

在胡杨的一再要求下，同事们都回家了，他一个人守在岗位上。还好，整整一天，电话一点动静都没有。他一度怀疑电话坏了，试了几次都没事，他这才放心。他巴望着电话响起来，又不希望它响，一旦响起来准没好事。到了晚上，胡杨吃了一碗泡面，站在镜子前，正了正衣冠，然后开着巡逻车上街了。

路灯已经闪闪烁烁亮起来，似乎比往日多了些许温馨，街上一改平时的喧闹，少有车辆和行人，即便见到一两个行人也是步履匆匆，急着往家赶呢。不时炸响的鞭炮显示出了节日的气氛。一个个贴着大红对联的店面都关着门，再好的生意也不做了，都回家团圆去了。过年，中国人最看重的是大年三十，一边吃着年夜饭一边漫无边际地聊天，是最惬意不过的事情了。鞭炮声越来越密集，年味越来越浓了。

胡杨叹了口气。他何尝不想回家呢？他也想回家跟老父亲喝两盅。母亲去世得早，是父亲一把屎一把尿地把他拉扯大，谈何容易？他也想回家逗逗三岁的儿子胡杨林，陪他放鞭炮，给他讲故事。此刻，他们最需要他的陪伴了。想想，他有二十多天没回家了，但是，他跟其他人不一样，他是警察。再说，越是这个时候，越不能掉以轻心，不能给犯罪分子任何可乘的机会，得让老百姓过上一个安稳、踏实的节日。

两年前的这一天，胡杨也在单位值班。那天晚上，爱人在给他送饺子的路上，遇到一个歹徒，歹徒要抢她的项链，她在反抗的时候被歹徒残忍地杀害了。他赶到的时候，看到躺在血泊里的爱人，看到从保温桶里滚落一地的饺子，他一下子泪流满面，抱着爱人真的是撕心裂肺、肝肠寸断。爱人真傻，那是一条假项链，怎么如此看重呢？爱人弥留之际，用微弱的口气对他说：胡杨，我知道项链是假的，但它是你给我的，是我们爱情的见证。妻子话没说完，就永远地闭上了眼睛。后来，歹徒被抓住，得到了应有的处罚，胡杨却好长一段时间都打不起精神，脑海里一直闪烁那个血淋淋的画面。

"小胡，春节快乐！辛苦啦！有事打电话。"手机响了一下，是局长发来的短信。胡杨心里一热，忙收回心思，摇下车窗，一股冷风打着旋进来了，他的头脑清醒了一下，一边开车一边留意街上有无异常情况。他打开收音机，里面一片欢乐喜庆的气氛，不是"祝你平安"，就是"常回家看看，回家看看"。放弃自己一家的团圆，换来大家的团圆，还是值得的。想到这里，胡杨的心情略略好转了一些。

忽然，胡杨的电话响了，是110接线员转来的：人民路新华小区B栋28号一位大爷遭人绑架，请胡杨迅速出警！

挂断电话，胡杨一踩油门，巡逻车像离弦的箭，疾驶而去。

三分钟不到，胡杨便来到新华小区大门口，他跳下车，旋风一样向里面奔去。每逢出警，胡杨就像是充足了电的蓄电池，满满的能量，浑身上下都是劲儿。来到B栋28号门口，门虚掩着，胡杨机警而又迅疾地推开门，客厅里，老父亲被绑在椅子上，胡杨林依偎在爷爷身边，一副无助的样子。

看到胡杨进来，老父亲忽然笑了："孩子，你终于回来了……没事，是我打的电话。"

父亲怎么这样坦然？不像是遭遇了不测。胡杨不敢掉以轻心，四下瞅了瞅，两只拳头紧紧攥着，在寻找隐藏在哪个角落的犯罪嫌疑人。

胡杨林奔过来，环住了他的双腿："爸爸，是爷爷让我把他栓起来的。"

"……"胡杨给搞糊涂了。不过，他的一双眼睛还在来回搜寻，像是闻道气味的警犬，一脸的警觉。

胡杨林说："爸爸，我想你了……爷爷说，我把他绑起来，你就回来了。爷爷没说谎。"说罢，胡杨林欢快地跳起来。

胡杨松了口气。

这时候，老父亲已经挣脱了胡乱绑着的绳子，说："胡杨，我们想去给你送饺子，怕找不到你，只有想了这一招。"

不知道为什么，听了父亲这话，胡杨一下子泪流满面。

灾情发生后

当大火燃烧起来后，消防员李正违背"救人第一"的消防原则，不是先救人，二是先去救物品。让人想不到的是，被大火吞噬性命的是他的父亲。

消防车像脱缰的野马"呜呜"叫着在马路上横冲直闯。听着这熟悉而又刺耳的鸣叫，李正的心紧紧揪成了一团，恨不得肋生双翅飞到现场。他不断地催促道："快！快！"驾驶员不乐意了："再快也不能把脚伸进油箱里啊？踩到底了！"

车上的几位战友也感到李正今天有些不正常，其中一个忍不住说道："今天是周日，那栋办公楼不会有人。"

"放屁！"李正大声嚷道。说罢，他才想起拨打110。他凭直觉判断，这场大火不会无缘无故发生，警方还是早介入的好。

土地局有两栋办公楼，一栋新的，十八层高，去年刚刚竣工的；一栋老的，二十世纪六七年代的建筑，上下两层，不知道为什么还没有拆掉。失火的是老办公楼，火是从一楼燃起的，一条条火舌和一股股烟雾交织着包围了整栋小楼。

李正他们这辆消防车是第一个到达现场的，没等车停稳，李正撞开车门，掂起一具灭火器冲向浓烟滚滚、火焰冲天的现场。等战友们反应过来，李正的身影已经消失在烟雾和火焰之中。

李正跌跌撞撞来到二楼，摸索着闯开那间办公室的门。幸好，屋内并没起火。不过，火雾如影随形，随着他扑进屋里。李正打开灭火器，一阵白色的泡沫吐出，火焰下去不少。他看到老人用自己的身躯紧紧护着一个木箱子。李正甩掉灭火器，上前去抱老人。老人喘着粗气："别管我，先搬这个箱子！"声音苍老，果敢，不容商量。李正仅仅是停顿了半秒钟，抱起那个木箱子奔向门外，一跃而起，从楼上跳下，随即，房子也"轰隆"一声坍塌了。房子太老了，经不起一点风吹草动。

李正傻了！几乎同时，一条条水龙冲向火海，一个个身影随着水龙扑了过来。

李正把箱子交给及时赶到的警察，箭一般返回现场，和战友一起救人。李正的眼泪哗哗地流着，自责不已："我该死！我该死！"直到把老人救出来，李正的手套已经磨烂，两手血肉模糊，不断地淌着血。

救护车把所有的伤员都送到了医院。

消防队员都是皮外伤，并无大碍；房子倒塌时，幸亏两根横梁成犄角之势架在了老人的头顶，老人虽然伤势轻微，但被检查出是癌症晚期。

私下里，指导员批评李正："幸亏那个老同志没出意外，要是有个三长两短，你吃不了兜着走。"指导员有他的道理，如果老人被烧死，他们如何面对老人的家人？如何应对社会公众的舆论？

听到这话，李正眼里的泪一下子流了出来，心想老人当时要真有个好歹，他还不后悔终生？

指导员以为李正意识到自己的错误了，缓了口气："'救人第一'是我们的消防原则，任何时候都不能忘记！"

李正分辨道："别的我不知道，我只知道那个箱子比他的性命还重要！"

为了箱子里的东西，两年来，老人放弃所有的节假日，甚至大

捡来的家

年三十还在外地调查；为了箱子里的东西，老人不顾医生和家人的劝阻，拖着病体四处奔波求证。有人曾出价100万要那些东西，老人一口拒绝了。为了得到那些东西，老人家里失盗了三次。还有人威胁老人，扬言要他的命，老人依然我行我素……

"有什么能比性命还重要？！哼！"指导员嗤之以鼻，以为李正的脑子被大火烧糊涂了。

李正张了张嘴，没有说话。在警方没有调查清楚之前，还是少说为好。

真相终于大白：老人是土地局的纪检书记，这天到单位整理材料，有人趁机放火，打算烧死他。老人发现后脱身不得，这才打了报警电话。那个箱子装的是本单位和主管部门个别领导违法乱纪的证据。根据这些证据，国有资产免遭重大损失，个别领导干部锒铛入狱，得到了应有的处罚。

得知这个消息后，指导员心里有一种说不出的滋味，觉得该到医院看一看老人。

指导员还是迟了一步。他到医院的时候，老人刚刚咽气。指导员发现李正也在医院，此刻，他伏在老人的尸体上嚎啕大哭。

指导员这才知道，老人是李正的父亲。

警察小夏

小夏是一名警察。他的妻子青青劝他离开警察这个岗位，因为当警察太危险了。当青青遇到危险时，渴望警察及时赶到。想不到，最先到来的竟是小夏。

小夏下班的时候，夜已经很深了，路上偶尔闪过了一辆车，几乎看不到路人，昏黄的路灯增添了夜的寂寞。怕有十二点了，青青还在等着他吧。每天晚上，青青总要等到他到家才睡觉。小夏给她说过多次，说他回来的时间没准，让她早点睡，不要等他。青青答应得挺干脆，却总是兑现不了。小夏也知道，青青是在担心他。想到这里，小夏加快了步伐。心里也跟灌了蜜似的，甜丝丝的。

路过一个胡同口的时候，小夏的眼角余光瞄到了两团模糊的身影，像是一个嗅觉灵敏的警犬闻到了反常的信息，他忙又缩回脚步，伸出头往胡同里打探，这下看真切了，一个男的，一个女的，隐约听到不正常的声音。小夏的神经立马绷紧了，下意识地走了过去。看到有人过来，男的往胡同的另一个方向跑了，女的大声叫道："抢劫了，有人抢劫了。"

小夏像是警犬听到了主人的指令，撒腿跑了过去。虽然白天在现场转了一天，腿有点软了，此刻又像上足了发条的钟表，变得铿锵有力起来。他越过那个女的时候，只听她惊恐地叫道："他抢了我的包！"小夏没有停留，反而加快了步伐，几乎就在三两分钟之内，小夏就追赶了那个犯罪嫌疑人。犯罪嫌疑人转身挥舞着刀子，威胁小夏。小夏没有丝毫犹豫，迎着刀子扑了上去。两个人搅缠在了一块。最后，小夏身中数刀，倒在血波中……

小夏被送往医院，犯罪嫌疑人也被随后赶来的巡防队员制服。

幸运的是，小夏的伤都不是要害部位，只是流血过多。在医院住了一段时间就出院了，被特批在家修养一段时间。

青青抚摸着隆起的肚子，埋怨他说："幸亏没事，要是出了事，我咋办？还有咱没出生的孩子……"说着话，青青眼里的泪又流了出来。自从小夏当警察至今，她不知哭了多少次。

"怀孕期间，不能生气啊。"小夏吓唬青青。其实，也不算是吓唬。

青青止住了泪水，哽咽着说："小夏，警察太危险了，换个别的职业吧。"

"青青，你想想，若是都害怕当警察，咱老百姓谁来保护？"

青青辩不过小夏，便劝说道："再遇到类似的事，不要冒冒失失的，先打个报警电话，等同事来了一块上前不好吗？"

若是这样，吃亏的是受害人，犯罪嫌疑人说不定也逃之夭夭了。这话小夏没有说出口。

青青说："咱的孩子出生后，将来不能让他当警察了，太危险了。"

"好，就听你的。"小夏痛快地答应道。是啊，小夏从警这么多年，已经从死神那里转悠几次了。

小夏在家待不住，假期没结束就提前上岗了。

这天，小夏下班的时候，又是一个繁星闪闪的夜晚。快到家门口的时候，他又闻到了特殊的味道——一个黑暗的角落里有一团人影！凭着职业的敏感，小夏猜测不是什么好事。要不要过去？如果过去，他们人多势众，自己肯定要吃亏。就像上次一样，幸亏自己命大，若是没抢救过来，自己的孩子出生就没有父亲，青青也要痛苦一辈子的。可是，可是，若是不过去，一旦发生了不测，自己的良心如何过得去？自己是一名警察啊！遇到突发情况就退缩，担心自己的性命，如何维护一方平安，保护老百姓的生命和财产？

其实，也就是短短几秒钟的时间。小夏终于大吼一声："干什么？我是警察！"同时，暗暗运了一口气，攥紧拳头走了过去。

没想到，还真是一起抢劫！作案的是三个毛孩子，"初出茅庐"就败北了，看到警察赶过来，吓得发起抖来，其中一个还当场尿了裤子，跪在地上给小夏磕起头来："叔叔，我再也不敢了，再也不敢了。"

让小夏还没想到的是，被抢劫的是他的老婆青青。青青出来接他，没走多远就遇到了这几个毛孩子。看到小夏，青青哇地声哭了。

因为受到惊吓，青青住进了医院。

医生对小夏说："幸亏你赶到的及时，若是晚一步，你妻子受惊吓过度，只怕胎儿有危险。"

调养了几天，青青已经基本恢复过来。在病床边，青青对小夏说："小夏，我跟你商量个事。"

"什么事？"小夏的神经绷了起来，他担心青青再说出让他转行的事儿。

青青说："将来咱的孩子出生，还让他（她）当警察好吗？"

不知道为什么，听到青青这话，小夏的眼眶里盈满了泪水。

第三辑　生死关头

老歪妻子去世的时候，他还不到四十岁。他担心自己的后半生该怎样过？子女们对他非常孝顺，不缺他吃，不缺他喝。后来，还给他找了六个小姐，一个赛一个漂亮。不过，这些小姐都是纸扎的，是在老歪去世后发生的事。

北京，南京

老歪两个孩子，都非常有出息，一个在北京，一个在南京，两个人都竭力邀请老歪到城里转一转，开开眼界。这天，老歪收到两张车票。北京的儿子给他寄的是去南京的车票；南京的女儿给他寄的是去北京的车票。

老歪这两天特兴奋，以致于晚上都睡不着，鳖子上烙油馍似的在床上翻来覆去。有人说，睡不着就数羊，数不到一百头就睡着了，老歪连着几个晚上，都数到一万多头了还是没有一点睡意。

是啊，这事换到谁身上都淡定不了。两个孩子都在电话里说，说他一辈子没出过门，趁着现在还能走动，让他到城里逛一逛，转一转，开开眼界，见见世面，想住了就住下来。老歪到过最远的地方是镇上，赶集时去一趟，县城都没有去过。两个孩子像是商量好似的，说这几天就把车票给快递过来，让他做好准备。去就去吧，住是不会住的，玩两天还是可以的。若是犟着不去，说不定哪一天蹬腿了，会让孩子遗憾终生的。

村里人说，老歪该享清福了。可不是吗，老歪的一双儿女都成家立业了，都出息了，他还不该享福吗？

老伴走的时候，两个孩子还小，儿子六岁，女儿三岁。当时，亲戚朋友都劝老歪再找一个，说孩子没妈不行。老歪那时还是小歪，挺倔的，说啥也不找。他说，有了后妈，不一定是孩子的福气。就这样，他既当爹又当妈，一把屎一把泪地把两个孩子拉扯大，供他们上大学。两个孩子也算争气，学业完成后都留在了城里。唯一遗憾的是，两个孩子不在一个地方，儿子在北京，女儿在南京。

两个孩子还算孝顺，没少给他打钱，没少给他寄东西，电话里也没少说话。他们刚参加工作那会儿，也曾邀请老歪到城里去，尽管老歪也特想去，却一直没有成行，他怕给孩子们增加负担，现在不一样了，都有房子了，都成家了，该去看看他们。这次邀请他进城，也就是在前几天的电话里说的。

就这样，老歪睡不着了。

北京？还是南京？这几天，村里人见了老歪，都会这样问他。不少人给他出主意，有的建议他去北京，说北京有毛主席纪念堂，有天安门城楼；有的建议他去南京，说南京有中山陵，有雨花台。

老歪呢，咧着嘴嘿嘿直乐。说实话，他也没决定好到底是上北京还是下南京。这两个孩子也真是的，说寄车票都寄车票，说不寄都不寄。

捡来的家

　　儿子在北京上班，房子买在了河北，每天上班要提前三个小时。唉，上个班就这么远，也真难为儿子了。儿子是去年结的婚，媳妇是日本闺女。他们举行的是集体婚礼，单位操办的。恰好老歪当时刚参加过本村的一个葬礼，按农村阴阳先生的说法，不宜再去参加婚礼，就没有去。他们也没回来过。也就是说，到目前为止，老歪没见过媳妇的面，不能说没见过——儿子给老歪买了个智能手机，在手机里见过，还给他拜过年呢，叽里咕噜的，像是鸟语。儿子说那是问候老爸新年好的。老歪想等到孙子出生后再过去，视频了几次也没见媳妇的肚子大起来，老歪也不好意思问儿子，当然，更不好意思问媳妇了。儿子似乎知道老歪的心思，在上次的电话里却轻松地说，他们不打算要孩子了！这还了得，不孝有三，无后为大，得去好好数落数落儿子。

　　这边牵挂着儿子，那边女儿也连着心。女儿在南京上的大学，女婿是她大学期间就认识的。今年五一结的婚，女婿是南京一家企业的老板。哼，老板有啥了不起，收破烂的也叫老板——去年村里来了个收破烂的，临走给了老歪一张名片，名片上写着"回收公司总经理"。女儿是旅游结的婚。老歪见过相片，女婿是个秃顶，年龄也不小了，似乎比老歪小不了多少，女儿说他是二婚。可能因为这个原因，女儿一直没把女婿领回来过。这个女婿不是外国人，是苏州人，说话也听不懂。女儿说，这个老板带来两个孩子，她自己不打算再要了。啧啧，女儿真傻，没有一个亲生的会中？都说闺女是爹娘的小棉袄，儿子指靠不了，还得依靠女儿呢。女儿过不好，也是自己的一块心病。

　　到底是去北京还是南京？去北京，女儿不高兴，去南京，儿子不高兴。有了，谁的票到的早去谁那里！主意一定，老歪才想起收拾自己，去镇里洗了澡，破天荒请人搓了搓背，理了理发，刮了刮脸，还拿出新衣服让邻居家的媳妇给熨烫了一下。

过了一天，老歪收到了一个快递员送来的两个快递——两张卧铺车票——一张去南京的，一张去北京的，车票上的车次居然是同一天时间！

快递员的到来早已把左邻右舍吸引过来了，他们相互传递着火车票，眼里写满了羡慕，还一边取笑老歪：你不会分身术，看你这次去哪里！

当天晚上，老歪捧着妻子的相片喃喃自语：我实指望到时带上你去城里逛一逛，现在不可能了。我决定了，哪儿也不去，就在家守着你。说罢，老歪那沟壑纵横的脸上淌满了泪水。

去南京的车票是儿子寄来的。去北京的车票是女儿寄来的。

新年礼物

新年到了，在外打工的李娟打算给娘买一件礼物。到了超市，她犯愁了：买什么礼物好呢？正在她为难之际，却收到娘寄来的新年礼物。

进入腊月，年的味道便越来越浓了。一街两行都挂上了火红的灯笼，大的，小的，圆的，长的，各种形状的都有。超市、商场门口的大海报，你方唱罢我登场，打折、降价的信息扑面而来。街口巷角的空地也全被小商小贩们占领了。过年了，城管也睁一眼闭一眼的，他们也知道弱势群体的不容易。卖衣服的，卖年货的，还有现杀活羊的……都来了。有商家门口的音响放着"新年好啊新年好"。

捡来的家

不时炸响的鞭炮，更是把年味送到了城市的各个角落。

李娟走进商场，打算给母亲买件礼物。迎宾小姐穿着大红的旗袍，脸似乎比平时笑得还灿烂："欢迎光临！"

每到年关，李娟必给老母亲买一件礼物。她自小没了父亲，是母亲屎一把尿一把，既当娘又当爹把她和弟弟拉扯大的，不容易，她不能不孝。记得进城的头一年，她给母亲买了一个洗脚盆。还是李娟在雇主家看到洗脚盆后，才决定给母亲买的。李娟是一个家政服务员，说白了，就是个保姆。李娟在电话给母亲说，睡前泡泡脚，胜似吃补药。这话也是雇主跟李娟说的。李娟又问了雇主一次，才记住。先前在老家，晚上睡觉前谁洗过脚？即使偶尔洗一次，也是用的洗脸盆，谁用过那种木制的、带按摩的洗脚盆？真是没吃过猪肉也没见过猪跑，见也没见过。第二年，给母亲买了一个袖珍音响，里面装了个卡，录满了家乡戏，豫剧、曲剧，还有大鼓书，戏有《穆桂英挂帅》，有《朝阳沟》，大鼓书有《杨家将》，有《十二寡妇征西》，多啦。弟弟和弟媳在外打工，不常在家，母亲一个人在家孤独，听听戏也不寂寞。这玩意也是李娟在公园里见到的，不少城里老人都有，腰里挎着、手里拿着、口袋里装着，想听谁的就听谁的，比收音机方便多了。第三年，她给母亲买了一个按摩椅，母亲经常腰疼，都是干农活给累的。这个也是刘娟看到雇主家里有这个，才想起给母亲买的……

李娟东瞅瞅，西看看，给母亲买什么合适呢？衣服？平时没少给她寄，弟媳也给她买，到老也穿不完。用的？电视机，家里有。冰箱，家里也有，除了过年派上用场外，其他时间都罢着工。洗衣机，在弟弟的屋里锁着。李娟想再给母亲买一个，母亲不要，说村里不少人家都有，使用的却很少，都当成柜子塞满衣服了，说洗衣机老费电。即便是给母亲买了，会不会用还得一说。吃的？母亲饭量不大，也不吃肉，说老了，吃啥都不香甜了。开心果、核桃之类的坚果，她的牙也退化了，咬不动。

李娟在商场转悠了半天，也没想好给老母亲买什么礼物好。她打通家里的电话，问问母亲还缺少什么。

听到是她的声音，母亲在电话那端显得挺激动："娟，是你吗？你五天都没打电话了。家里啥都不缺……你啥时间回来？"家里装的是座机，母亲却不会拨号，不能主动打电话，只能接收电话。

又是这句话，每次打电话，母亲都问李娟啥时间回去。李娟耐心解释道："娘，我最近工作忙，回不去。"前不久，李娟刚换了雇主，这一家有一个老太太，她的儿子媳妇都在国外，忙，没时间回来陪老人家，老太太晚上睡不着，想找个人说说话，晚上陪她睡觉。老太太的儿子给的价钱也诱人，李娟就答应了。

母亲在电话那端不说话。

母亲似乎不高兴，李娟忙换了副欢快的口气："娘，我弟弟他们回去了吧？我们几天前通过电话。我有时间就回去。"弟弟他们回去了，这个年也就热闹一些，家里也不至于太冷清。

"娟，给你寄的礼物你收到了吗？"母亲在电话那端怯怯地说道。

给我寄礼物？李娟感到新奇："娘，您老人家给我寄啥子礼物，真是的。"

母亲又说："我让你弟弟寄的，他说丢不了，你会收到的。你弟弟他们今个儿去镇上赶集了……"

电话挂断后，李娟就给弟弟拨通了手机，闲聊了一会儿，就问到正题："娘说给我寄的礼物，啥礼物？"

"姐，你别生气啊。娘给我二百块钱，让我买张火车票给你寄去……我今天早上才在网上订购的，让他们直接送票去你那里，估计今天就会给你打电话，是腊月二十六的票。姐，你几年没回来了，

捡来的家

你就回来一趟吧。你知道吗？你给娘买的洗脚盆，她一直没拆封，按摩椅一次也没用……姐，你真的很忙吗？娘想让你回来陪她睡一晚上……"

弟弟的话音没落，李娟眼里的泪已悄然滑落下来。

看　病

孙子病了，是装出来的病，一家人信以为真，都围着孙子转。爷爷病了，是真有病，却没人理睬。

有好几天了，老贺一直感觉头昏沉沉的。这年头，心脑血管疾病不少，前几天，村里一个三十出头的小伙子就得了个脑梗塞。老贺掐算好时间，到星期六这天，知道儿子他们休息，不忙，就给儿子打了电话，打算让儿子开车把他接到城里去，找家医院让医生给诊断一下。

电话一通，儿子就火急火燎地问："爸，啥事？"

老贺怕吓着儿子，迟疑了一下，故作轻松地说："也没啥大事，有点不舒服……"

没等老贺说完，儿子就说："爸，您搭车进城吧……小宝可能感冒了，正要带他上医院呢。"

小宝是老贺的孙子，今年5岁，已经上幼儿园了。听说孙子病了，老贺也慌了，忙说："直接去县人民医院，那是大医院。"

"就这样，挂了。"儿子匆匆挂断了电话。

老贺本来身上装着二百多块钱，放下电话，又把枕头下面快食面袋里的零碎票子，说是零碎，也一千多块呢，都装进了口袋。这点钱算是老贺的全部积蓄了。他之前攒的钱已经分批给了儿子，儿子上学，儿子找工作，儿子买房子，儿子娶媳妇……哪一样都得花钱。尽管儿子媳妇都有工作，可是，现在物价这么贵，他们的工资也仅够平日的开销，听说孙子一个月都得二千块呢，除了幼儿园的费用，还报了不少班。因此说，老贺平时省吃俭用，能省点就省点，以备不时之需。

　　等到老贺来到县人民医院，医生正在给孙子量体温。孙子看到老贺，弱弱地叫了一声"爷爷"。老贺忙说："小宝，你哪里不舒服？"小宝说："我头疼。"

　　"你们刚到？"老贺不满地看了儿子一眼。

　　儿子看了一眼医生，低声对老贺说："我们去了儿童医院和妇幼保健院，都检查不出毛病，这才来到这里。"

　　医生抽出体温表，看了看，说："体温正常。"

　　儿子说："王大夫，是不是化验一下？"

　　媳妇也说："要不要做做 CT 或是磁共振？"

　　医生没有接话，面无表情地拿起听诊器放在小宝的胸部，过了片刻，说："心跳也正常。先化验一下血吧。"

　　小宝害怕地说："我怕疼，不抽血……"

　　这时，小宝的姥姥、姥爷也相互搀扶着气喘吁吁地来了。显然，是儿子给他们通风报信了。

　　老贺安慰小宝："小宝，别怕，抽血不疼……"

　　小宝说："我不，我不。爷爷，爷爷，我不抽血。"小宝求救似的看着老贺。

　　媳妇生气地对小宝说："你不是头疼吗？不让医生看会中？"

　　小宝撅着嘴，小声嘟囔道："我的头现在不、不是很疼了。"

捡来的家

　　"真的不是很疼了？还是你不想让抽血？"老贺用手摸了摸孙子的额头。

　　"真的不是很疼了。"小宝的声音像蚊子哼。

　　儿子对医生说："王大夫，那就不用化验，直接输液吧。"

　　医生犹豫了一下，说："这样也好，先止疼吧。"

　　小宝又说："我想睡觉。"说罢，就闭上了眼睛。

　　儿子见状，就对医生说："王大夫，那就先住院观察一下吧？"

　　医生同意了。

　　出了医生的办公室。媳妇说："再换个医生看看？"儿子说："王大夫是这家医院最好的儿科专家，没有必要再让其他医生看了。"说罢，儿子去办住院手续了。老贺叫住儿子，把口袋里那把零碎票子给了儿子。儿子犹豫了一下，接住了。

　　小宝的大姨、二姨也来了。她们也是来看小宝的，手里提着大包小包的东西。

　　安排小宝住下后，已经是中午了。老贺让儿子和媳妇带上小宝的姥姥、姥爷、大姨、二姨去外面吃饭，他一个人在医院照顾孙子。

　　儿子和媳妇他们都走了。

　　病房里只剩下老贺和孙子。孙子忽然睁开眼，悄悄对老贺说："爷爷，其实我的头不疼……"

　　老贺一时没明白过来，说："你的头不疼了？好了？"

　　孙子狡黠地挤了两下眼睛，说："爷爷，今天星期六，我不想去弹琴，不想去跳舞，不想去唱歌，故意装病的。"

　　"你吓死爷爷了。"老贺松了一口气。他这才感到口渴舌燥，刚要起身去倒水喝，趔趄了一下，摇摇晃晃倒在地上。

　　"爷爷，爷爷，爷爷你怎么啦？"孙子吓得哇哇大哭。

　　老贺被送进了抢救室。

老　歪

老歪的老婆去世后，儿子媳妇很孝顺，给他找了六个小姐，一个赛一个漂亮。不过，这些小姐都是纸扎的，是在老歪死后发生的事。

老歪妻子去世的时候，老歪才四十出头。那时儿子绍辉正在上高中，处在丧妻之痛中的老歪只有一个念头，那就是把绍辉带大。如今，绍辉大学毕业，在一家大型合资企业就职，娶了个贤惠的媳妇，房贷了一套房子。小两口也都孝顺，把老歪接到了城里。特别是媳妇小玉，想吃啥喝啥随老歪的意，零花钱今天50明天100，衣帽鞋袜买了几套，把老歪侍候得舒舒服服的，让人挑不出毛病。

刚开始，老歪对城里不熟悉，就到附近的菜市场溜达一圈，买点青菜什么的，哪里也不敢去。时间一长，老歪就到周边的超市、商场等地方转一转，溜达的半径越来越大，溜达的地方越来越多。后来，小玉发现，老歪每天早上吃了饭就出门，直到该吃中午饭的时候才回来。出门的时候，把头发梳得溜光，照半天镜子。每次回来，脸都红扑扑的，特兴奋的样子。小玉心中疑惑，有一次忍不住问道："爸，您今天去哪了"

"宋陵公园。"老歪说罢，似乎意识到自己说错了，脸一红，忙改口道，"不，宋陵大厦。"宋陵大厦是当地的一个百货商场。

小玉又问："遇到啥稀奇事了？"

老歪支支吾吾地说："遇、遇到玩猴的了？"

小玉也没在意，他老人家高兴总比不高兴强吧。后来，邻居一

捡来的家

位阿姨偷偷告诉小玉："你老公公找了一个女孩，那女孩比你大不了多少……两人整天去宋陵公园，黏糊得很，只差没办证了。"

原来不是猴，是小姐啊。小玉恍然大悟，忙把这个消息告诉了老公绍辉。

绍辉通过调查，得知那个女的比父亲小十多岁，男人因诈骗住监狱了，两个人还办没离婚手续。这天晚上，小玉在厨房里忙活，老歪在看电视。绍辉打算跟父亲摊牌，亮明自己的观点，要不然，等到父亲做出糊涂事就晚了："爸，您今年多大岁数了？"

"你忘了？上个月不是刚给我过了 55 岁生日？"老歪感到很意外。

绍辉只好硬着头皮实话实说："爸，现在的城里特别乱，有些人你不知根知底，不要结交来往……"

老歪明白了，没让儿子继续往下说："绍辉，你娘刚去世那儿，不少人给我介绍，我都拒绝了。为啥？你不是没长大吗？我怕你跟着受委屈啊。如今你们都大了，我也放心了。"老歪的意思很明显，想再找一个。

绍辉接过老歪的话说："爸，是啊，我大了，有能力孝顺您了……"

老歪打断绍辉的话："常言说，满堂儿女不如半路夫妻。人老了，啥也不图，就图有个伴。"

"爸，您就死了这条心吧。"绍辉说罢，气呼呼地关了电视，回自己的房间了。

龟儿子！你爸不老呢，心里能没想法？人家七八十的教授还找二十多岁的女娃呢……生气归生气，老歪也真跟那个女的断了来往，再不到宋陵公园去了。嗨，老了，已经没有任何资本与儿女对峙了，还得指靠儿女哩，不能得罪了他们。

不过，看得出来，老歪的情绪低落了很多，每天吃罢饭，哪儿也不去，就卧在沙发上看电视。

过了一段时间，老歪又隔三岔五到外面走一趟，他的情绪又恢复到先前那个阶段，脸红扑扑的，特兴奋的样子。

小玉不放心，私下跟左邻右舍的大婶大叔打听，让他们留意一下老公公的行踪。一位大叔透漏了一个信息，老歪经常去"万水千山"洗澡。"万水千山"是当地一家豪华洗浴中心，里面各种消费项目都有。小玉心里一惊：难道老公公去找小姐按摩了？

绍辉也感到很吃惊。他一位同事的表弟在"万水千山"当服务生，通过这个渠道，绍辉得知父亲每次去那里，都请小姐按摩了。

绍辉心里那个气啊，心说我还没找小姐按摩过哩，你倒赶上时髦了。不过，这事没法张嘴，绍辉就找个了理由把父亲送走了，送回了乡下。理由也冠冕堂皇：小玉怀孕了，绍辉把自己的丈母娘接来了，要丈母娘侍候小玉。

老歪很不情愿地走了，回到乡下不到半年就去世了。

在埋葬老歪那天，那些纸扎的东西，除了小别墅、宝马、彩电、金山银山聚宝盆外，还有六个纸扎的小姐，一个赛一个漂亮。

生　日

老杨的生日到了，等啊盼啊，期盼着儿子的到来，期盼儿子来给他过生日。最后，等来的却是自己的老母亲！老母亲煮了几个鸡蛋来给他过生日来了。

老伴偷偷瞟了一眼老杨，他的肤色本来就黑，再阴沉着，像是

捡来的家

天要下雨的样子，又看了看墙上的表，已经十一点了。她憋不住，张了张嘴，探询似地说道："要不，给东东打个电话？"东东是他们的儿子。

"不打！"老杨一口回绝了。

"晌午了，搁不搁锅？"老伴又小心翼翼地问道。

"不搁！"

今天是老杨的六十岁生日。老杨没有过生日的习惯，早先是忙，顾不上，后来儿子、媳妇都有了工作，不愿惊扰他们，二来一过生日，往往会说到年龄，看到一天天变老，也是很不愿意提及的，三来一大家人聚在一起，吃不舒服不说，得闹腾半天，好几天缓不过来劲儿。年关团圆的时候，老杨一高兴说今年要过六十岁生日，当时东东积极响应，说要在县城的饭店订一桌，到时借个车回来接他们。还说他们一辈子不容易，借此机会好好庆祝一番。

东东这么一说，老杨倒是记着了，平时还炫耀了几次。今天早上老伴要给他煮长寿面时，他说不用了，晌午到饭店吃吧。

眼看着都十二点了，东东不回来，连个电话也不打。老杨能不怄气？把他从小养大，供他上学，咱吃过多少苦受过多少罪？鳖儿子忘了？老杨一边说一边看着老伴，好像一切都是老伴的错。

老伴记得，那年东东上大学，有千把块钱的学费没有着落，老杨去卖了一次血才算把学费凑齐。

老杨说，毕业后，为了给他找工作，我领着他，求爷告奶，差点跪下给人家磕头，他没看见？还是吃了"忘淘屎"？

本村有一个人在省政府上班，老杨跑了不下十趟，给人家送柿饼，送小米，最后把两头猪价给人家送去，人家才给县里打了招呼，东东这才有了饭碗。

老杨说，他结婚、卖房，把一辈子积攒的钱都给了他，现在还有五万多的外账，鳖儿子都忘了？

老伴叹了口气。老头子说的是实情。眼下住的房子还是东东小时候盖的，粉刷都没粉刷，别说装修了，农闲时节挣两个钱都让东东花了。从村里搬到镇上的住户，怕是只有自己家没有拾掇了。

老杨说，鳖儿子要接咱进城享清福，老子为啥不去？不就是知道鳖儿子不容易，怕给鳖儿子增加负担吗？鳖儿子咋恁没良心呢？

别鳖儿子鳖儿子的。老伴瞪了老杨一眼。

老杨脖子一梗，说我情愿是鳖，他不当鳖儿子还不中哩。

老伴噗嗤一下笑了，却又不敢大笑，忙低着头抿着嘴，笑意扯到了嘴角。

小时候他过生日，哪次不给他煮鸡蛋？后来他上高中、大学，过生日说要请同学吃饭，不等他张口要，就把钱给他打过去了……鳖儿子都忘了？老杨越说越生气，眼里汪着泪，随时都有掉下来的可能。

这时，只听大门吱呀一声被推开了。"东东！"老杨猛地站起来，朝门外走去。慢点！老伴在后边叫道。

等到老杨看清来人的面目时，一下子呆住了——是他八十多岁的老娘。老娘还在村里老庄子里住着。当初房子建好时，曾建议老娘搬到镇里来，老娘拒绝了，说穷家难舍，也怕来了不习惯。老杨也就没再坚持。

"娘，您怎么来了？"老杨失声叫道。

老娘柱着拐杖往前捣了两步，晃了晃手里的包裹："今个儿不是你生（日）吗？没啥带，给你煮了七八个鸡蛋。"

老杨上前搀扶着老娘，头一低，眼里的泪却再也藏不住，噗噜噜掉下来。

捡破烂的老人

小区门口来了一个可疑的捡破烂的老人。小区保安发现，老人的目的不在捡破烂。他到底要干什么？结局让人瞠目结舌：老人以捡破烂为借口，为的是看一眼住在小区里的儿子。

近段时间，小区门口冒出个捡破烂的老人。老人大约七十多岁，驼着的背上耷拉个编织袋，头上戴顶草帽，帽檐压得很低，似乎故意让人看不清他的黑白丑俊。

他跟别的捡破烂的不一样，根本不进小区，这倒省却了我的不少口舌和麻烦。有的捡破烂的，不管你咋说，死活要进小区，也是的，不进小区，咋能收到破烂呢？我不是不近人情，或是不通情达理，是怕他们图谋不轨，或是顺手牵羊把业主放在外面的东西据为己有。老祖宗留下的良言，害人之心不可有，防人之心不可无。有时，我看他们可怜，就放他们进去，不远不近地跟在他们后面，或是在他们出门的时候严加盘查。不过，现在好多了，物业公司在小区各个旮旯角落安装了摄像头，坐在值班室就能监控得到，除了放屁扑捉不到，其他蛛丝马迹一个逃脱不了。

这个老人为什么不进小区呢？他是怕我拒绝吗？可是，他一次也没要求过啊。他总在外围转悠，怎么能收到破烂呢？时间长了，我就摸清了这个捡破烂老人的活动规律，他总是在周一的早上上班和下午下班的时间段在小区门口徘徊，当然，他也不惹人讨厌，总躲在远远的地方。等到业主们上班走或是下班都进了小区，老人才蹒跚着离去。偶尔，他能捡到一两个饮料瓶。看着他肩上瘪瘪的编织袋，我也感到很难受，但也无能为力，爱莫能助。我不买饮料喝，连一个矿泉水瓶也没能给老人攒下。我的父母跟这位老人一般大的年龄，今年也都六十多了，一直住在乡下，不肯跟我进城，总说住在城里不习惯，不方便。其实，我知道，他们是怕给我增加负担。这位捡破烂的老人应该也是乡下人，他难道没有子女？其他时间老人去哪里捡垃圾呢？如果跟周一一样，他能维持得了生计吗？当然，这些念头也是一闪而过。

有一个周一早上上班时间，我无意中发现老人盯着出去的业主看，忽然一惊：难道老人是来踩点的，看到哪家的业主出差了，以便偷窃？不可能的，刚才已经说过，小区内到处都是摄像头，即便业主不在家，他也下不了手的。转而一想，难道是他打着捡破烂的幌子，另有企图：跟踪单身女人或是手里提包的业主，在半路下手？仔细一分析，也是不可能的，因为我注意到老人一直躲在不远处，等到业主散尽，他才往相反的方向走去，而且也没见他用过手机，不可能通报他的同伴在途中下手。是老人要寻找仇人，伺机报仇？想想也是不可能的，老人这把年纪了，怕是有仇也报不了。老人是来找他的情人的？这个念头一出马上又给否定了，不可能的事。再说，小区的老人都是半晌才出来溜达，这个时间段他也没在小区周围转悠啊。

每次都是周一，每次都是上下班时间，盯着出来进去小区的业主看，不错眼珠，死盯。

又是一个周一，西北风呼呼地刮着，刮在人的脸上像刀子割一样，生疼生疼的。已经是晚上十一点了，老人蜷曲在不远处的屋檐下，丝毫没有离去的意思。跟往常不同的是，他头上的草帽换上了鸭舌帽。

老人今天是怎么了？难道他病了？想到这里，我走出门岗室，朝老人走去。

我没走到老人身边，老人已经站了起来。他的两只眼睛闪烁着，似乎有一种不安在里面。我问道："大叔，天这么晚了，您怎么不走呢？您是不是病了？"

老人摇摇头："俺没有病……"

我又问道："大叔，您是不是迷路了？……"

老人摇摇头："俺没有迷路。"

"大叔，您家在哪里？"

"俺、俺在大桥下面住。"

老人说的大桥是市区的一条主干道，下面的涵洞里住了不少拾荒的老人或是流浪儿童，这件事情当地的媒体曾报道过。

忽然，我看到老人的眼睛直了，直勾勾地盯着小区门口，顺着老人的目光，我看到一个中年男人趔趔趄趄进了小区大门，那是二楼东单元的业主王幸福。难道老人认识他？我刚要开口，只听老人喃喃说道："孩子，又去喝酒了？喝酒伤身啊。遇到啥事了？是高兴的事，还是难心的事，遇到难心的事跟爹说一声，说不定爹能给你出出主意呢……"

我似乎明白过来：王幸福是老人的儿子！

老人擦了一下眼角，一边给不好意思地我解释："儿女们忙，半年没有回家了，俺老想见到他们，又耽误他们的事，给他们添麻烦，就假装成捡破烂的，周一来看老大，周二去看老二，周三去看老三，周四去看大闺女，周五去看二闺女，周末回家看老伴，把子女们的情况给她汇报一下，免得她惦记啊。"

不知道为什么，我眼里的泪一下子出来了。我当即决定，明天就请假，回老家看看爹娘！

爱的存折

爱的存折，冷不丁一看，以为存的是钱。读过本文后才知道，存折上存的不是钱，而是夫妻生活中的点点滴滴。

昨天晚上，我跟小杰拌了两句嘴，一大早就回了娘家。我赶到的时候，将近中午，妈正在客厅看《甄嬛传》，爸在厨房里做饭。妈看我一脸不高兴，可能猜测到是怎么一回事，也不过问，扬手拍了拍沙发，说："来，看电视。"

我哪有心思看电视？想到小杰就气不打一出来。他平时一般都是下午五点半下班，六点左右就到家了，近一个月来，到家都在晚上十点左右。问他干什么去了，他说在单位加班。工资不多拿，班倒加得勤。昨天晚上，小杰又没准时回家，我骑上电动车直奔小杰的单位。到了那里，门卫说小杰准点下班了，而且天天都是如此，更没有加班一说。我打他的电话，手机关机。晚上十点五分，小杰才进门。质问他干什么去了。他说在单位赶一个材料。你说我能不去气吗？三句话不到，就叮叮咣咣地吵起来……

爸把饭菜做好了，电视剧还没有结束，爸收拾客厅的茶几，张罗着要开饭。妈不做饭，爸还把饭菜给妈端过来。爸怎么对妈这样好？是啊，他们结婚五十多年，从未红过脸吵过嘴，你敬我爱，相敬如宾，一直是当地社区恩爱夫妻的典范。这是为什么呢？我和小杰上周还吵了一架，我说结婚四年，他还没给我买过一件礼物呢。小杰还感到很委屈，说有头发谁会装秃子，我就那点工资你不是不知道，每月还要还房贷，哪里有钱啊？……嗨，越说越生气。总之，结婚以来，类似的鸡毛蒜皮多啦。

我疑惑地问："妈，你怎么和爸就不吵嘴呢？"

妈诡秘一笑，附在我耳边悄悄说道："因为我有一个存折。"

"存折？谁没有啊，有什么大惊小怪的。"我不以为然。

妈说："我这个存折跟你们的都不一样。"

看到妈的认真劲儿，我开玩笑地说："有什么不一样？不会存了几百万吧？"妈一个月退休工资3000元，能攒多少？

这时，爸两手端着做好的菜出来了，我忙起身帮忙，妈也没再往下说。

吃罢饭，我坚持收拾碗筷，爸这才到房间午休去了。

等我从厨房出来，只见妈在一个本子上记录着什么。看到被我发现，妈来不及藏起来，就拿给我看。

原来是本日记。只见上面写道：今天中午我看电视，是他做的饭，是我爱吃的西红柿炒鸡蛋、鱼香肉丝。明天早上去买条鱼，中午给他做红烧鱼。

"他"指的是我爸。我又往前翻了一页，妈记的是：我做菜把盐放重了，咸得不能吃，他没说一句埋怨的话，我很感激他。

我又看了一页：今天他的腿又疼了，我给他揉了半天。他说我比小姐按的还舒服。能的他！

我忙合上了本子。

妈说："闺女，这就是我给说的'存折'！"

存折？我愣了一下。

妈说："有时我想对你爸发脾气的时候，看来看这些日记，心里就平静了许多，反而觉得不对的是我。你爸也看我的日记，有时看着看着就笑了，有时看着看着也掉泪……"

我忽然明白了爸妈恩爱的原因。这些生活琐事，其实就是爱的细节，不时翻看，就能闻到爱的味道，感受到爱的温暖。只有彼此更加关爱，没有抱怨。

这时，小杰推门进来了。

我没好气地说："你来干什么？"

妈搡了我一把，忙说："小杰，还没吃饭吧？来，赶紧坐下。我去给你做。"不待小杰接话，妈就去了厨房。

小杰兜里拿出一个存折，递到了我面前："这个给你……"

他的工资卡在我这儿，怎么还有存折？我迟疑了一下，接过来，只见上面存了三千多块，户名写的是我的名字。

小杰解释说："下月五号就是你的生日，我想给你买条项链，可是，我又没别的能耐，晚上就去一家建筑工地打工，怕你担心，就说在单位加班。"

这时，我才注意到小杰变得又黑又瘦。我鼻子一酸，眼眶一红，泪差点掉下来。

"来，来，来，小杰，你也好久没来了，今天陪爸喝两杯。"爸手里拿瓶酒，乐呵呵从房间出来了。

爱坐公交的老人

一个陌生老者迷恋上了做公交，从起点到终点，再从终点到起点！这是为什么？因为老人太寂寞了。

我是 12 路公交车上新来的一名司机。

捡来的家

那天上午八点多，我驾车到达玉华小区公交车站台。我发现，正在候车的乘客依次上车时，一名大约八十岁的老大爷上了车，抖抖索索从口袋里掏出一张 20 元的纸币，要往投币箱投。

老大爷糊涂了？我见状急忙起身打算拦住老人，但钱已经落入投币箱。我只好说道："老人家，坐公交车只需投币 1 元，您投的钱多，可以到公交公司去领回来。"

老大爷却不接话，只是找了个靠窗的位子坐了下来。由于车上乘客较多，我便专心致志地开车。

然而，让我没想到的是，当我把车开到终点站后，老大爷没有下车，还在车上坐着。难道他迷路了？还是想把多投的钱给坐回来？

我关切地问："大爷，您到哪里下？"

老大爷茫然地看了我一眼，没有说话。

我以为老大爷是个聋子，再次大声说道："老大爷，您到哪里去？"

这次老大爷听清了，嘴唇哆嗦半天，才低声咕哝道："俺也不知道。"

"不知道？您、您迷路了？"现在老年痴呆症患者很多，莫非这位老大爷也是？

老大爷瞥了我一眼，慢慢摇了摇头。

我又问道："大爷，您需要帮助吗？"

老大爷再次摇了摇头。

我说："大爷，您是本地人吗？"

老大爷点了点头。

我略微松了口气，没话找话，说咱们公交公司有规定，超过 60 岁的本地户口居民可以办个老年优待证，坐公交只需出具证件，无需购票。如果他没办优待证，请他找个时间带上户口本和两张二寸相片去公交公司办个优待证。

"谢谢！"老大爷轻轻吐了两个字。我发现，他的眼神里有了些许感激。

开车时间到了，我继续开车上路。

第二趟开完后，老大爷依旧坐在那个靠窗户的位置，第三趟到达终点站时，老大爷还是没有下车。绕了三四趟，我发现老大爷一直坐在窗户旁，时而抬头看窗外人流，时而扫视上车人群。老大爷满脸皱纹，眼睛混浊，身上穿的衣服已经洗得发白，袖口的地方已经破损了。这个老大爷是不是有什么心事？在第四趟到达终点站时，我再次主动上前与老大爷交流，但不管我怎么说，他除了轻微叹口气外，始终不作答。

这时站上有知情的同事悄声对我说，这个老头经常这样子，不要理睬他，可能精神有问题。

精神病人？不会吧，他都会说谢谢吗。可是，轻微的精神病人也会说谢谢啊。算了，多一事不如少一事。精神病人若跟人急起来，是不负法律责任的。再者说，人家买了票，总不能撵人家下车啊。爱下不下！

我快下班的时候，发现老大爷不知道什么时候下车了。我松了口气。

没想到，隔了两天，也是八点多的时候，在玉华小区公交站，那个老大爷又上了车，这次他脖子上挂的是老年优待证，看样子是刚刚办来的。

跟那次一样，我跑到终点站后，老大爷没有下；第二趟开完后，老大爷依旧坐在那个靠窗户的位置；第三趟到达终点站时，老大爷还是没有下车。绕了三四趟，我发现老大爷一直坐在窗户旁，时而抬头看窗外人流，时而扫视上车人群……

捡来的家

第二天八点多，我驾车到达玉华小区公交车站台。老大爷准时上了车，我开车跑到终点站，老大爷没有下；第二趟开完后，老大爷依旧坐在那个靠窗户的位置；第三趟到达终点站时，老大爷还是没有下车……

联想到老大爷的异常举动，中午时分，乘客不是很多的时候，我打电话报警求助。在了解事情的经过后，派出所民警来到停靠在路边的公交车，上前询问情况，最终明白老大爷坐车其实只是想打发时间、排解寂寞。看来人人都怕警察，老大爷也一样，见到警察发问，回答得也很顺溜。

警察说："老人家，您怎么不去养老院呢？"

老大爷摇摇头，似乎是很委屈地说："养老院不收俺。"

"为什么不收您？"

"因为俺有儿子。"

"明白了，您有子女，不符合条件啊。您儿子在哪里？我这就联系他。"警察拿出了手机。

"他在养老院。"

"养老院？您儿子在养老院工作？"

"不是，是在养老院养老。"

"在养老院养老？为什么他能进养老院，您却不能？"

"因为他，就是俺的儿子没有子女。"

"……"警察给弄糊涂了。

我也给弄糊涂了。

父亲没有病

张玮以为父亲老了，糊涂了，如把面条放在被窝里。直到后来，张玮才知道，父亲知道他回来的晚，担心面条凉了！老人没有病，有的只是对儿女的爱！

张玮感觉到父亲真是老了。张玮的感觉是有根据的，譬如，父亲刚把茶杯放到茶几上，转眼又挨个房间去寻找；父亲到市场买菜，回来时两手空空，居然忘了拿回来；昨天来过的朋友，今天再见面却忘了人家的姓名；说话啰嗦，每天都是那几句话，天冷，穿的厚实些；路上车多，小心点，车轱辘似的不知道说了多少遍……类似种种，不一而足。张玮也曾往老年痴呆上想过，但他想父亲才刚刚过了七十岁，不可能的事，也就没有太在意。

前天，张玮的妻子出差了。张玮交代父亲晚上做饭，自己要回来吃。父亲虽说年过古稀，熬点稀饭，简单炒个菜还是可以的。张玮若是说不会来吃，怕父亲懒得省事，不做饭。当然，中午饭父亲是必吃的，这点张玮是不必担心的。唯恐父亲到菜市场犯迷糊，张玮特意到市场上买了几样蔬菜。父亲迟疑了一下，说你爱喝糊涂面条，晚上给你做糊涂面条吧？张玮说好，随便，你做啥我吃啥。说过之后，张玮又说，那就做糊涂面条吧。张玮怕父亲忘记，就反复交代父亲往锅里舀几碗水，等水烧开后，下多少面条……担心父亲记不住，张玮就把做糊涂面条的程序写到一张纸上，放到厨房的显眼位置。

因为在单位赶一个材料，等到张玮回到家里时，已是晚上十点了。

捡来的家

父亲已经睡下了。厨房里空空如也，什么也没有。难道父亲没有做饭？来不及多想，张玮胡乱找了点吃的就去休息了。

被子胡乱地堆放在床上——只要妻子出差，张玮从未叠过被子。早上叠起来，晚上再展开，多费事？无用功不说，还浪费时间。这就是张玮的逻辑。他蹬掉拖鞋，一掀被子正要钻进去——被窝里一碗糊涂面条已经被蹬翻了，弄得满床都是，还冒着一丝一丝的热气。谁干的？家里没别人，毫无疑问，这是父亲干的！

张玮心里的火气腾地一下子上来了！他走到父亲房间门口又停了下来。嗨，毕竟是自己的父亲，自己吵他一顿又能怎么样？母亲死的早，是父亲一把屎一把尿把自己带大的，吃了多少苦？遭了多少罪？可以想象得出来。总之，自己亏欠父亲很多，不能因为老了，糊涂了，就怨恨他。想想，自己也有老的一天，到父亲这般年纪，自己说不定不如父亲……想到这里，张玮转身回到房间，收拾利落，然后躺下休息了。

第二天早上，张玮起来做了早餐，三嘴两嘴解决了问题，然后就去上班了。因为前一天的事，他还有点生父亲的气，所以也没交代父亲晚上做什么饭。他走的时候，父亲刚刚起床。天气冷，父亲起的一般都比较晚。

昨天，张玮又是很晚回的家。厨房里清锅冷灶。他随便找点吃的就去睡觉了。没有想到，被卧里又被父亲弄了一碗糊涂面条！

张玮这才意识到父亲可能患上了老年痴呆！

第二天，张玮特意请假带上父亲到医院看病。临去医院的时候，父亲问张玮："毛孩，你要带我去哪里？"从小到大，父亲一直叫张玮"毛孩"，从未叫过他的大名。张玮曾提醒父亲多次，让他不要叫他"毛孩"。父亲当面答应，转身就忘了。

张玮想了想，决定实话实说："爸，我要带你上医院看病。"

父亲似乎很吃惊，瞪大眼睛说："看什么看？我没有病。"

"爸，没事的，带你去体检一下……我们单位年年还体检哩，我前一段刚刚体检过。"张玮笑着安慰父亲。

就这样，张玮把父亲带到了医院。

在老专家面前，要确诊病情，不能隐瞒一丝一毫，说父亲唠叨，说父亲健忘……说起父亲这些的时候，父亲在一边静静地候着，也不插嘴，偶尔不好意思地笑一下，像一个做了错事的孩子。

老专家说："你说的这些症状，上了年纪的老人，一般都会有，只要不是太严重，吃点药调理一下就可以。"

张玮看了父亲一眼，就吞吞吐吐把糊涂面条藏在被窝里的事件说了。没等张玮说完，父亲急了，结结巴巴地对老专家说："大夫，俺、俺家毛孩回来的晚、晚，我、我是怕面条凉了……"

怎么会是这样？张玮一下子傻了。他这才明白，父亲没有病，有的只是对自己的爱！

回家的门

父母的家门，没有上锁，始终对儿女敞开着，害怕哪一天他们回家；儿女的家门呢？紧闭的防盗门把老父亲隔在了门外。

长途汽车抵达镇上时，已经是晚上九点了。亮亮背上行李，迫不及待地跳下车，顺着通往村里的小路，迈开大步往家里走去。虽说没有路灯，上学时走熟的路，摸黑也能走到家。

爹的头发又白了不少吧？皱纹肯定也增添了许多。亮亮经常在梦里见到爹。在梦里，爹也没少嘱咐他：孩子，出门在外，饿死不做贼，屈死不告状，犯法的事儿可不能干；孩子，想吃啥就买啥，别俭省，学会自己照顾自己；孩子，在外混不下去就回来，在家千日好，出门一时难，金家银家不如自己的穷家；孩子，你给爹寄的钱都收到了，爹一分没花，都给你攒起来了……

回想起这些，亮亮的眼泪止不住往下流。幸亏是晚上，亮亮也不去擦，任由泪在脸上爬。

爹，别怪儿子心狠，不是不回来看您。儿子是想混出来一点名堂，衣锦还乡，到时候给您长脸啊！爹，儿子是想在城里打拼出来，买上一套房子，把您接进城里……爹，您五十岁才有了我，生我的时候，娘大出血去世了，您把我拉扯大，供我上学，小学，初中，高中，直到大学。村里没有人不佩服您的，说您有眼光，有远见，说我将来一定能干大事，您的福在后边呢！爹，我知道，农忙时节，您忙活地里的事；农闲时节，您背着个编织袋捡破烂……爹，您不容易，您真的不容易！不是儿子心高气傲，而是因为您的不容易，我才暗下决心，要在城里干出一番事业！

可是，爹，太难了！真的太难了！别以为吃尽苦就能功成名就，别以为有才华就能出人头地……要想有一番成就，需要的因素太多，太多了，能力，素质，机遇，人脉，物质，感情，种种的种种，缺一不可啊。爹，您不会怪儿子吧？儿子到现在还是一名小小的公司职员呢。

亮亮摸了一把脸上的泪水，脚步抬得更急了。进村了，空气中飘散着玉米成熟的馨香。亮亮使劲吸了一口气。再有半个月，就该收秋了，乡亲们就该忙了。亮亮趁着这个时节回来，也是想帮衬爹一把。他们家的地块都在半山腰，大大小小十几块，最大的四分地，最小的进不去牛，只能拿镢头刨。不通车，都是山路，全凭肩扛担挑……

一个小时后，亮亮看到了熟悉的院落。到了大门口，亮亮用纸巾擦了擦脸上的泪痕，整理了一下衣服，这才大声叫道："爹！爹！"

院子里没有人应声。

爹不会睡得这么死啊？若搁以往，不等他叫，爹听到他的脚步声就知道是他回来了。亮亮推了推门，却发现大门根本没有上锁。亮亮进城前，特地修了院墙，安了两扇铁大门，买了一把挂锁，是梅花牌的，当时售货员还说，这是最好的挂锁。他现在租住的地方，院子大门用的是梅花锁，屋门上用的也是梅花锁，一直好好的，没有不好使，也没有被人撬开过。

亮亮用手摸了摸，发现挂锁还在门上。怎么？爹出去了？

这时，邻居二叔听到响声过来了。看到是亮亮，二叔也吃了一惊："亮亮，你没见你爹？他上午进城了，说是去找你。"

啊！亮亮登时呆住了，他几乎是下意识地说："爹怎么不锁门？"

"你爹啥时间锁过门？他怕你回家进不到家吗。"二叔的话语里明显带着不满，"你出去两年了，你爹能不想你？平时没少念叨你……"

亮亮着急地说："爹也是的，他知道地址？"亮亮说罢，想到自己的汇款单上有详细地址，这才略略放下心来，可是，爹没进过城，能找到地方吗？就算是爹能找到地方，就算是房东给爹开院门，自己的屋门还锁着呢。

二叔说："你汇款单上有地址吗？！我不让他去，怕他找不到。他说鼻子下面就是路，找不到可以问吗。他还说，如果城里破烂多，他就打算到城里捡破烂，离孩子也近一些……走，天这么冷，还没吃饭吧？先去二叔家。"

亮亮忙说："二叔，村里谁有车？我得尽快赶到城里去。有车的话，四个小时就到了。"

"狗蛋家有，我这给你叫去。"二叔抬腿走了。

亮亮开了院子里的灯。去窗户台上的一个旧纸盒下面一抹，钥匙果然在。他拿出来，打开屋门，看了一下屋里，一切都是那样的熟悉，熟悉的气息，熟悉的东西。东西依然陈旧，家除了电视机，没有一件像样的家具……门口响了两声喇叭。

亮亮赶紧出来。是狗蛋的车。

狗蛋是亮亮小时候的同学，学习不用劲，小学没毕业就回家了。但他脑子活络，开了个采石场，是村里最早富裕起来的人。

亮亮一坐上车，狗蛋就开始炫耀他的创业史。亮亮一句话也没听进去。

大约凌晨两点多的时候，亮亮回到了他租住的地方。当亮亮掏出钥匙打开院门，几乎是小跑着上了二楼，发现自己租的那间屋子门口黑乎乎的。亮亮拉亮走廊上的灯——是爹！爹半躺半坐靠在门上，身上搭了个编织袋。

这时，爹也给惊醒了，忙扶着门框站了起来，嘿嘿一笑，说："他们让我宾馆，我说现在的天，不冷不热的，随便找个地方就能对付一晚上。我不敢去别的地方，怕你回来找不到我。孩子，你去哪里了？下班怎么回来这么晚？"

亮亮掏出钥匙打开屋门，把爹搀扶进了屋里。

"孩子，你怎么哭了？有啥委屈？"爹盯着亮亮的脸，然后从头到脚瞅了瞅，宽心地笑了，"不缺胳膊不缺腿，人好好的，这就中！"

亮亮上前紧紧拥抱住爹，哽咽地叫了一声"爹——"。

亮亮脸上的泪流得更欢了。

老爸请客

儿子升官了，老爸高兴，要请儿子的客。结果呢，老爸把儿子灌醉了，醉得翻江倒海，吃得喝得全吐出来了。老爸什么意思？结尾处让人深思。

当儿子被提拔为局长后，老爸很是高兴，亲自下厨做了几道菜，说要庆祝儿子高升。说是家宴，其实就儿子和老爸两个人。

看得出老爸是真高兴，把他珍藏多年的一瓶"康百万酒"拿了出来。这瓶酒是河南一个好朋友给老爸带来的，一直舍不得喝。儿子刚要把酒打开，老爸拦住了，说先吃点菜垫垫底，等一会儿再喝酒，不然醉得快。

老爸给儿子夹了一筷子凉拌金针菇，说这是好东西，祛脂降压，多吃点。

儿子一边点头一边把菜往嘴里塞。

儿子刚把菜咽下肚，老爸又给他夹了一筷子肉丝炒黑木耳，说这个也是好东西，软化血管，多吃点。

儿子一边点头一边抄起木耳往嘴里塞。

老爸又给儿子夹了一筷子凉拌芹菜，说这是好东西，对预防高血压、动脉硬化十分有益，多吃点。

"爸，您也吃，"儿子一边点头一边往嘴里塞芹菜。好东西不吃太可惜了。还是老爸疼爱自己，这些菜虽然家常，却都是儿子的最爱。

捡来的家

……

等桌上的菜吃得差不多了，老爸才让儿子把酒打开。

父子两人边喝边聊。出乎儿子的意料，老爸闭口不谈工作上的事，一不千叮咛，二不万嘱咐。这就奇了怪了。想想也能理解，自己三十好几的人了，又不是三岁毛孩狗屁不通，啥道理自己不知道。再说，几十年了，啥贴心贴肺的话老爸没给自己说过？不就是"好好干，犯法的事不能干""吃人的嘴短，拿人的手软"吗？拿儿子的话来说，耳朵都听出茧子了。

"儿子，这'康百万酒'咋样？"两人干了一杯后，老爸问儿子。

儿子咂吧了几下，说："爸，这酒好，香气浓郁，味甜，爽净……"

老爸点点头："不愧是纯粮酿造，味道纯正……好久没喝过这种酒了。"说罢，老爸拿起酒瓶，"哗哗"给儿子倒了满杯，说："你当局长，老爸高兴，喝！"

是啊，虽不是金榜题名，也不是洞房花烛，但局长也是个正科级干部呢。儿子好不得意，端起酒杯一饮而尽。

老爸说："我年纪大了，少喝点，你年轻，多喝点。"

"中！"儿子又给自己倒了一满杯。

不知不觉中，两个人就把一瓶酒干了，儿子喝的有七两，老爸喝的有三两。显然，儿子喝得有点多了。果然，没等走下餐桌，儿子就哇哇吐了起来，翻江倒海，把胃里的东西全都吐了出来。

儿子醒过来，发现老爸还坐在自己身边。儿子一脸愧色，少气无力地说："爸爸，不好意思，我喝多了。"

"难受吧？"老爸关心地问，说着话给儿子倒了一杯蜂蜜水。

儿子迫不及待地接过去，咕咚咚喝了下去，随后说道："肚子空空的，感到很饿。"

"你先前吃的也不少，为什么？就因为你喝酒喝多了，把吃下去的东西又吐出来了。不但好菜给糟蹋了，好酒也给浪费了。"老爸笑了笑，然后敛起笑容，一脸凝重地说，"孩子，这酒就好比欲望，一定要控制住，否则就会把原有的东西给损耗掉，让你变得一无所有……幸亏，你今天喝的是酒！"

儿子诧异地看着老爸，仔细琢磨老爸的话，酒也慢慢醒了。他哽咽道："爸，今天我醉得值得……"

"孩子，等你平安退下来那一天，咱们再喝'康百万'！"老爸的脸上绽出了舒心的笑容。

生死关头

儿子病了。为了让儿子好起来，父亲什么都舍得。如果能用自己的命换来儿子的健康，父亲一定会毫不犹豫。如今，父亲病了，儿子却盼着父亲早点死去！

到了周末，老张就猴急得往家赶。

老张在县城的化肥厂上班，家在农村，周末回家看儿子一次。嘴上说的是想儿子，其实更想的是爱人。少年夫妻老来伴，那时老张还不到三十岁，还是小张呢。老张私下跟爱人说，我这是地地道道的"每周一歌"。爱人不解其意，还大惊小怪的，说你的嗓门像驴叫，还会唱歌？……

到长途车站去的途中，老张特意拐到商店给儿子春阳买了一只花皮球。回到家，爱人嗔怪他乱花钱，不当吃不当喝的，不如秤上两斤盐。春阳兴奋得不得了，接过皮球就拍打。春阳没拍过这玩意儿，拍得很不像样子——皮球一下子就滚到了马路中间。老张家在村头住，门前一条大路。春阳两眼盯着皮球，"蹬蹬蹬"地跑了过去，没注意到一辆货车呼啸而来。司机看到春阳，一脚把刹车踩到了底。幸运的是，车没有从春阳身上碾过去，但巨大的惯性还是把春阳撞到了一边。

那一年，春阳才刚刚五岁。

春阳被送到了医院，一直昏迷不醒。

老张"扑通"一声给医生跪下了："医生，您把春阳抢救过来，我给您当牛做马都中！"老张说着，眼里的泪就不停地往下掉。

医生说："你放心，只要有一线希望，我们绝不会放弃。"

两天，三天……整整一个月，春阳还是昏迷不醒。这一个月，老张寸步不离春阳，胡子也顾不上刮，头发白了一多半，乱糟糟的，像个野人似的。

医生遗憾地对老张说："春阳要成为植物人的可能性非常大，我看你还是放弃治疗吧。除非……"

老张说："除非什么？"

"除非奇迹发生。"医生苦苦一笑。

"我没干过屙血尿脓的缺德事，老天不会惩罚我的，奇迹一定会发生！"老张咬牙切齿，用很坚定的语气说道。

在医院的时候，老张单位的领导也去看过春阳一次，临走丢下话给老张，让他回单位上班，若不回去，就按旷工计算，旷工超过半月就要被开除。

老张气呼呼地说："管你们咋弄，反正我不上班了，儿子的命比啥都重要！"

爱人也让他去上班。在二十世纪八十年代，有一份工作是很不容易的，也是很让人羡慕的。

　　老张瞪着爱人："是工作重要还是儿子重要？"看他的架势，爱人若再跟他犟的话，他就要动武了。

　　爱人了解老张的脾气，不再劝他，知道劝也没用。

　　把春阳接回家后，老张除了侍弄庄稼，其余的时间都待在春阳床边，一边给他按摩，一边絮絮叨叨的，给他讲狼外婆小白兔的故事，给他讲发生在他身上的趣事……

　　又过了半年，奇迹发生了——春阳醒转过来，能够开口说话了。

　　等到春阳彻底恢复健康，开始上小学，老张这才去了单位，单位领导遗憾地对他说："你已经两年没上班了，早已被公司除名了。"

　　老张没再祈求领导，扭脸就走。老张安安心心当他的农民。村里的老少爷们都替他惋惜，说丢一份工作，可惜了。

　　老张就淡淡一笑，说春阳好好的，比啥都值！

　　说也奇怪，春阳上学的时候，跟正常孩子没有什么两样，智力没有受一点影响。他也争气，学习用功，一直都是班上前几名。后来考上了高中，考上了大学。大学毕业后，应聘到了城里一家合资企业，据说还是个技术骨干。这时候，大学生毕业已经不再包分配了，能找到一份工作不亚于唐僧去西天取回了真经。大难不死，必有后福，这话没有假说啊。

　　有一段时间，老张忽然吃不下饭，稀饭好不容易吸溜到嘴里，在嘴里转一圈就又吐了出来，咽不到肚里。到医院一检查，咽喉癌！

　　老张知道这病，看也是白花钱，说啥也不住院。

　　不到三个月，老张就瘦得不像样子，眼看着要断气，爱人就给春阳打了电话，说你爹快不行了，赶快回来一趟。之前，老张一直不让给春阳说，怕影响他的工作。

　　听说父亲病危，春阳就急三火四地回来了。

　　老张已经不能说话了，只有两只眼睛珠还会转动。看到父亲这

捡来的家

个样子，春阳眼里的泪涌了出来。这孩子还算孝顺，给老张洗脚，剪脚趾甲，用棉签沾点水湿润老张的嘴唇(老张已经水米不进了)……

一天，两天……到了第七天，看到老张还是半死不活的，当时身边也没有第三个人在场，春阳终于忍不住说道："爹，你究竟死不死？我把办丧事的假都给请出来了啊……"

听到这话，老张的眼角渗出两滴泪水，眼皮子一翻，再也一动不动。

冠　军

在父母眼里，儿女们永远是最优秀的。即便这个孩子有残疾，他的父母一定认为他是世界上最漂亮的孩子；即便他是个普通的农民，他的父母一定认为他的孩子最有本事。读罢此文，你一定会认同这个观点。

他刚出生还没满月，父亲连名字没来得及给他起就因车祸去世了，是母亲风里来雨里去一把屎一把泪把他带大的，冠军这个名字也是母亲给他起的。长大后，有那么一段时间他一直都在琢磨，母亲一天学没上过，怎么给他起了这个名字？有一次他忍不住问母亲。母亲不好意思一笑，说："冠军不是最棒的吗？我看电视，知道。"

他也真给母亲争气，自打上学后，门门功课都是班里的第一名，这种情形一直维持到高中毕业。他参加了高考，顺利地拿到了北京一所大学的录取通知书。就在母亲为他几千元的学费发愁时，他突然对母亲说，他不上大学了。

儿啊，为什么？这是为什么？母亲感到很意外。

母亲没有别的手艺，农忙时节伺候庄稼，农闲的时候就拉个架子车挨村串户去捡破烂，酒瓶子，旧纸箱，什么都收。看到母亲佝偻的腰，满头的白发，心里一阵发酸，母亲还是五十不到的人啊，怎么苍老成这个样子？他恨自己以前太自私，光顾了学习，没有体会到母亲的辛苦。他不敢想象，几年大学下来，母亲会变成什么样子。他拉住母亲粗糙的手，忽闪了两下眼睛，把眼泪给忽闪了回去，然后，轻松一笑，说："妈，现在大学生不分配，不如现在就找个工作，早点挣钱娶媳妇，让您早一点抱上孙子。"

听到"抱孙子"的话，母亲笑了。接下来，她叹口气，却想不起反驳的话来。村里不少孩子上了大学都回来了，有的在家养猪，有的去超市卖衣服，有的在饭店端盘子……他还没上大学，她也在愁着他的将来。

他又说："妈，现在就业特别困难，高学历的更难找工作……从小到大都是我听您的，您就听我一回吧。"

母亲很是无奈地答应了。

他就去了城里的建筑工地。他年轻，负责爬上爬下搭手脚架。他不怕吃苦，干活不惜力气。工头，还有工友们都很喜欢他。

一个偶然的机会让他萌生了练习钢管舞的念头。那天晚上，他和工友们宿舍里看电视。是一档综艺节目，一个钢管舞大赛，最终夺冠者将得到一笔价值不菲的奖金。节目没有看完，因为信号不好，电视里老是下雪，就被人关了。不到三分钟，宿舍里的鼾声此起彼伏。他却一点睡意也没有：我要是会钢管舞，以后类似的比赛不就是可以参加了吗？名利双收，咋说也比工地上累死累活强，最重要的是，母亲也能跟着自己享福了。

他有的是力气，工地上有的是钢管，这就给他练习钢管舞创造

捡来的家

了充分的条件。刚开始，他是偷偷练，后来大家知道后，他也就不避人了，而且是有章法地练。没有人笑话他，包括母亲知道后，也很支持他，练得好了，孬好也是一条出路啊。"星光大道"走出的那些明星，"大衣哥""草帽姐""山楂妹"，等等，哪一个不草根？哪一个不是农民？众人的支持，母亲的期望，无异于给他打了一支强心针，他练习得更加刻苦，真的是冬练三九，夏练三伏。别人在看电视的时候，他在练；别人在睡觉的时候，他在练……

母亲担心他有什么意外，也从农村来到了城里，每次都陪着他练。

功夫不负有心人，这话没错。两年时间不到。他的钢管舞已经达到了炉火纯青的境界。钢管在他手里，如金箍棒在孙猴子的手里，得心应手，出神入化，想怎么玩就怎么玩，只有你想不到，没有他做不到。

机会是给有准备的人的，这话更没错。恰好当地举办钢管舞大赛，虽是地方性的，奖金不低，第一名30万元。

他报名参加了。

熟悉他的人都预言，只要不出意外，第一名是他的。他的母亲也这样说。

轮到他出场了。他一开始表演，现场的掌声就没有停止过。一阵比一阵热烈。钢管笔直地固定在地上，他双手拽住钢管，身体其他部位不与钢管接触，像是走旋转步梯一样，缓缓地，一把，又一把，从钢管最低端"走"到钢管的最顶端。这个动作表演结束，他又双手抓住钢管，身体与垂直的钢管成直角，他绕着钢管旋转，刚开始速度极慢，渐渐地，速度越来越快，让人眼花缭乱……该最后一个动作了，他站在钢管的顶端，需要一个鹞子翻身落到地面。钢管有20多米高，他站在那里，深呼吸，再深呼吸。他明白，只要这个动作完成，他就是这场比赛的第一名。

忽然，他看到母亲使劲地对他摆着双手，似乎听到了母亲的喊叫："儿啊，不要跳，不要跳。"

最终，他听了母亲的话，没有表演最后一个动作。当然，他也没有夺得第一名。

主持人问他的母亲："老人家，您为什么要阻止儿子表演最后一个动作？"

母亲说："那个动作太危险了……我不要儿子表演。"

"与 30 万失之交臂，您不感到遗憾吗？"

"不遗憾，因为儿子好好的，没有出一点意外……在我心里，儿子永远是第一名，永远都是冠军。"

母亲的话赢得了全场热烈的掌声。

见　面

半年没见女儿的面了，当娘的想得心慌意乱。为了见女儿一面，娘做了充分的准备，吃了不少的苦头。女儿呢？没有见到娘，去见她的偶像去了。

有大半年没有见到妞妞了，桂婶有点想她了。闺女是娘的心头肉，不想是瞎话。有好几个晚上，桂婶都梦到了妞妞。醒来后，半宿都没睡着，闭上眼睛，妞妞老在眼前晃悠，睁开眼睛，人影也没有。

十一假期就要到了，桂婶琢磨着妞妞要回来。谁知道电话一通，妞妞说，十一假期有事不回来了。

桂婶就有点失望。失望之余，桂婶忽然想起电视上的一句话——

捡来的家

"山不过来，我就过去"，是啊，妞妞不回来，我就不能去吗？我不缺胳膊少腿的，又能走得动，现在坐车也方便，钱也不是个事儿，有啥难的？只是玉米成熟了，马上该收割了，耽误不得。桂婶特意去问了问小山。小山说，三天后才能轮到桂婶家。小山是她的邻居，弄了台联合收割机，每年的庄稼都是他收的。一亩地收别人五十，收桂婶三十。本来小山不要，是桂婶硬塞的，工钱不说，还烧油哩。

桂婶掐指一算，只有趁着这几天时间去看妞妞。等到玉米收割后，地里的活路一趟接一趟，犁地，耙地，浇水，耕地，忙活下来不得二十天，也得半个月。到那时，妞妞就上班了。她们单位管理严，上了班面都见不上，电话也打不进。

主意一定，桂婶立马到镇上洗了澡，省得见了面，妞妞说她一身农民味。本来就是农民吗，身上能没味儿？汗味儿，土味儿，草味儿，鸡屎味，牛粪味，啥味都有，不比调料店里的味道少。奶奶个脚，才出去几天就瞧不起农民了。洗罢澡，桂婶特意到理发店染了头发，头发白了许多，不染染，怕妞妞挂心。理发的不知道是故意的还是咋的，问桂婶染成什么染色。贵婶没好气地说，当然是黑的了。从镇上回到家，桂婶就把赶集过年才穿的新衣服从箱子里翻出来，搭在院子的日头下晒，去了去霉味，又用熨斗熨了熨……然后，用剪刀修剪了手指甲和脚趾甲。用香皂水洗了半天，手虽然还是粗糙，但指甲缝里的泥土洗掉了。等到桂婶自我感觉良好，一切收拾停当，一天的时间已经过去了。

第二天一大早，天还不是十分透亮，桂婶起来烙了四五张油馍，妞妞爱吃这个。之后，她背上一袋子核桃、柿饼，揣上油馍就匆匆上路了。翻了一座山，走了一条沟，趟了一条河，折腾了两个小时才来到邻镇，那里是通往省城的必经之路。放下编织袋子，桂婶发现两只手因抓挠编织袋子，变得僵硬，生疼生疼的，好半天才伸展自如, 疼痛也减缓了一些。三轮车来了, 桂婶忙招手拦下, 颠了半个小时才颠到国道上。又等了二十分钟, 桂婶才坐上长途汽车。桂婶晕车, 坐一路吐一路, 似乎把肠胃里的东西都吐光了, 最后只剩下干呕, 一点内容也没有了。

到了省城, 转了三次市内公交, 桂婶才来到妞妞租住的地方。这时候, 天已经黑了。

房东说, 妞妞中午就出去了。还说妞妞今天特意把一头黑发染成红色的, 浑身上下香喷喷的, 说要去见一个人。原来人家妈来了, 怪不得呢。

桂婶欢喜之余也有点疑惑。她来之前没跟妞妞说, 为的是给她个惊喜, 难道是小山告诉妞妞了? 小山的手机能上网, 前年过年, 妞妞在小山的手机里给她拜年呢。

到了晚上十一点, 妞妞也没回来。房东安慰桂婶, 说妞妞和同屋住的两个女孩一起出去了, 不会有事的。

房东让桂婶去她的屋里休息, 桂婶没有答应。桂婶就这一个晚上的时间, 明天就要赶回来家, 她怕错过了跟妞妞见面的机会。就这样, 桂婶在妞妞的门口蹲不是蹲坐不是坐, 迷迷糊糊似睡非睡了一晚上。

直到天亮, 妞妞也没回来。

房东怕桂婶着急, 故作轻松地说, 没事的, 没事的, 她们经常整夜不回来。年轻人嘛, 唱唱歌, 跳跳舞, 能有啥事? 房东说的也是实情。

桂婶揪着的心这才略略放下了一点, 不能再等了, 没有时间了。若是再等一天, 庄稼就耽误收了, 一步跟不上, 步步跟不上。紧种庄稼, 消停买卖。这伺候庄稼的事一点也耽搁不得。

就在桂婶刚坐上公交车, 妞妞从外面回来了——她跟粉丝团在

捡来的家

机场等了一个通宵终于见到了偶像一面。让她激动的是，跟偶像握了握手，虽然蜻蜓点水般握了握，她还是感到好幸福，好幸福。

染　发

何槐是个孝顺儿子，为了不让爹担心自己，就把自己的花白头发全部染成白色的了。不是说当下白发有多流行，是说爹的头发也早已白了。当见到爹后，何槐愣住了，爹也染发了，染成了一头黑发。

何槐来到理发店，打算理理发，刮刮脸。明天就要回家了，不能让爹看到自己灰头土脸的样子，好像在外面混得很不咋着的样子，让爹操心挂念。其实，自己确实也混得不咋样，一个在建筑工地打杂的小工，能咋样？爹也知道自己的根梢，要文凭没文凭，要技术没技术，用农村话讲，哈巴狗咬兔子，要跑没跑，要咬没咬，只能在建筑工地掂砖头、和砂浆……想到这里，何槐笑了笑，有点羞愧，还有一点自嘲。

当何槐去老板那里请假的时候，老板诧异地看了何槐一眼，说出来半年就回去？不说工钱，这一来一回的路费就得三百多块，你又没娶老婆，瞎折腾啥？

我、我想俺爹了。何槐说着眼里汪出了泪。他昨天在街上看到一家新开张的"北京烤鸭店"，开业期间烤鸭优惠五折，那一刻何槐决定买一只烤鸭给爹送回去，爹活了大半辈子，还不知道烤鸭是咸还是甜呢。

好，好，好，我给你假，速去速回。老板就有点恨铁不成钢的样子。

工地上的人一旦有了心思，干起活来容易出问题，还是打发他们如意吧，现在提倡人性化管理呢，不能不人性。

好朋友大亮也不同意何槐回去，说你请一次假损失上千块，能买好多只烤鸭呢，不如把烤鸭给你爹快递回去。

何槐摇摇头，说爹看到烤鸭会想到我，吃不下去呢，不如跟着烤鸭一块回去。

你的想法真怪。大亮叹口气。

工友们私下嘀嘀咕咕，说何槐脑子进水了。何槐装作没听见，心说你们的脑子才进水了，心里想的只是钱，把生你养你的家都给忘了。同村的小伟三年没回家，回去时五岁的闺女都不认得他了。还有大亮，奶奶去世时也没有回去，不能怪大亮，是家里没有通知他。

"老板，你有白头发了，要不染染吧？"理发的小姐停下手里的剪刀，看着镜子里的何槐说。

"多少钱？"何槐下意识地问道。

"六十块钱。"

何槐顿了一下，问道："染成白的也是六十？"

"白的一百……您当老板的还会在乎这点钱？"

"白的，纯白的。"

何槐不是在乎那点钱。假如不染发，爹看到自己的白头发，不定又该心酸，又该替自己担心了。对，就染成白头发，现在满大街都流行染彩发，除了白的，还有紫的，红的，粉的。当初看到那些个头发，何槐心里就嗤之以鼻，现在倒觉得那些头发蛮好看的。

头发染好了，雪白雪白的，像是头上下了一层雪。何槐突然间感到有点不好意思，有点害羞了。好在没有人注意自己，满大街的人都是形色匆匆，不知道从哪里来，又往哪里去。爹呢，是不是头上又添白发了？过年那次回家，看到爹两鬓都白了。爹才五十多岁，

捡来的家

怎么说白就白了？是操心自己在外爬高上低吃苦受累？还是操心自己二十七了还没找不到媳妇？

……

回到家，趁着爹盯着自己头发发呆的时候。何槐也趁空去瞅爹的头发，发现爹两鬓的白发不见了，爹也染了发，染成黑色的了。

父亲的讲稿

父亲说要讲课，让我帮助备课。我信以为真，到了后来我才明白，父亲根本不需要讲义，他是变着法子让我充电。

这天，我下班后，父亲突然对我说："下个月开始，我要给某局科级领导干部讲课，你给我备一下课。"

父亲是党校的一名老师，除了给党校的学员上课外，经常到各个单位、学校讲课。

我愣怔了一下。在以往，每逢有任务的时候，都是父亲亲自备课，查资料，整理笔记，一丝不苟，天天晚上折腾到半夜。这次是怎么了？咋让我给备起课了？

父亲赫然一笑："我老了，眼也花，精神也不济，电脑也没有你熟练。"

也是，父亲奔六十的人了，不是年轻的时候了。我说："可以，都备哪些课？"

父亲说："你单位也有事，每周给我备两课时就行了。今晚给我查查历史上的清官都有哪些，他们的具体事例再举出一两个来。"

好，在这个不难，在百度里一搜就全都有了。

吃过晚饭，我就在电脑上忙活开了。

包拯是一个。包拯离开端州之时，端州百姓将他送到船头，知道包拯没带一块端砚，便将一块最上等的端砚用黄皮包好，悄悄放进舱内，想包拯到了地方也就收下了。船儿行至羚羊峡口，忽然间狂风大作，飞沙走石，天昏地暗。包拯眯眯着眼睛看看前方，担心船儿行驶下去凶多吉少，便下令停船。他暗自诧异："我包拯在端州清淡如水，如何惹得天公这般动怒？"思索着，他在船舷转了转，除却风沙迎面而来，什么也没发现。等他烦闷着进入船舱，却瞥见厮角落有一黄色东西。打开布包一看，竟是一方精美端砚！他拿着端砚走出舱，手臂一挥，将砚掷于水中。风停了，浪静了……试想，如果包拯收了这方端砚，不说会葬身河里，起码他的一身清明算是毁了。人在做，天在看。这话真的不假。还有，狄仁杰，包拯，海瑞，于成龙，耶律楚材，等等，无一不铁面无私，刚正不阿，而又两袖清风。

又过了两天，父亲让我给查一下历史有名的贪官有哪些，最后都是如何下场。

蔡京、赵高、梁冀、王温舒、石崇、陈自强、刘瑾、严嵩、和珅……他们无不位高权重，贪婪成性，最后或流放或下狱或处死，没有一个好下场。想想他们这些贪官也真傻蛋，在那么高的位置上，吃穿不愁，贪那么多有什么用呢？到头来还不都是国家的。像唐朝的元载，他当宰相时，热衷于大兴土木，建房盖屋，他倒台后，被没收的宅舍分配给数百户有品级的官员居住使用，他在东都洛阳专门营建的园林式私宅，充公之后，改成一座皇家花园……即便他给朝廷做了这些"好事"，却落得遭民唾弃、遗臭万年的可耻下场，用咱们老百姓的话说就是，白白替人家忙活一场，人家却又不说他的好。像最近被双规的国家能源局煤炭司副司长魏鹏远，案发时家中发现上亿现金。国家给你发着工资福利，你贪污这些钱有何用处？到头来还不是你进监狱，钱统统上缴国库？人呐，咋就想不开这个理呢。

到了第二周，父亲让我给他总结一下怎么才算好干部，并列举事例论证。

习近平说："信念坚定、为民服务、勤政务实、敢于担当、清正廉洁"的干部，就是好干部。新中国成立以来，很多好干部活在了人民群众的心中，焦裕禄、孔繁森、牛玉儒、任长霞、杨善洲、沈浩等等，他们一辈子忠于党、忠于人民、忠于自己事业，一心为民办好事办实事，把鲜血、生命、把一生献给了自己忠爱的事业，他们在人们心目中成了执政为民的榜样。特别是焦裕禄同志，带领人民战盐碱、斗风沙、胼手胝足、开天辟地，"敢教日月换新天"，成了新中国成立以来好干部的象征。金杯银杯不如老百姓的口碑，好干部如何好，百姓说好才是真的好。然而，还有一些领导干部思想空虚，意志淡薄，碌碌无为，不思进取。他们偶尔下一次乡，也是前呼后拥，走马观花，讲排场，摆架子，看看数字，听听汇报，心思根本没在老百姓身上……

两年后，我所在的单位发生了一起"地震"：连同局长在内的十几个同仁被组织部门分别谈话了。我由副局长升为局长。

至此，我才恍然明白：是父亲培育了我，要不是父亲的讲稿，我也不可能有今天。回到家里，我由衷地对父亲说了感谢的话。

哪里啊，是你自己的讲稿。父亲淡淡一笑

父亲这话也没错。我也早就知道，父亲根本就没有跟某局科级干部讲课这一说，他是逼着我在学习啊。他让我备课那一天，是我刚当被任命副局长不久。

钉子户

当下，全国各地都在拆迁。从媒体的报道来看，钉子户不在少数。面对本文中的钉子户，开发商的做法值得提倡。

怕处有鬼，痒处有虱。在夏至看来，这话简直就是真理。"和平小区"开发项目开始运作的时候，他就担心在前期的拆迁过程中遇到钉子户，还偏偏就遇到了——一个捡破烂的老大娘，死活不愿搬迁。房子不是什么值钱的房子，一溜三间平房，二十世纪七十年代的建筑，房前有一棵上百年的老榆树。

"要不要来点硬的？"副总老焦建议道。在这个行当里面，有个惯用的策略就是先礼后兵，软的不行就来硬的，停水，断电，断路，恐吓，甚至往住户家里面投放蝎子、毒蛇，实在不行，便用武力解决，把人强拉出来，直接用推土机轰。待一切成为废墟，就啥都好说了。当然，夏至从未来过硬的。他清楚，钉子户的目的只有一个，那就是多要一些补偿。那点补偿，对公司来说只是九牛一毛。

夏至反问了一句："她家几口人？子女都是干什么的？老人什么条件？"

老焦说："她家好像就她一个人……为这事我跑了十几趟，腿都快跑断了，好话赖话都说尽，只差没跪下给她磕头。她话也不多，就三个字：俺不搬。"

当天晚上，夏至提溜一兜水果来到老大娘家。老大娘刚捡拾废品回来，也不搭理夏至，只顾收拾破烂。夏至放下手里的东西，帮着老人家整理那些破烂。完事后，老大娘洗了洗手，从一个篮子里拿出一块馍一边啃一边喝水，还是不理睬夏至。夏至也不在意，看到一个小板凳的腿歪了，便找来钉子和锤子，"梆梆梆"地给钉好了；拆迁邻居的建筑垃圾还没完全清走，一部分已经堆到老大娘的门口了，夏至就拿上铁锨清理，为的是不影响老大娘走路……等做完这一切，夏至拿起一个苹果洗了洗，然后削了皮切成一小块一小块的放到一个盘子里："大娘，吃苹果吧。"

老大娘终于开口了："是为扒房子的事来的吧？"

夏至忙接过话茬："大娘，我是这个项目的负责人夏至，我是夏至那天生的，父母就给我起了这个名字。我母亲今年六十八了，跟您岁数差不多……"

不知道为什么，老大娘抹起了眼泪。

"大娘，您、您怎么啦？"夏至忙掏出纸巾给老大娘擦泪。

老大娘说："小夏，俺叫你小夏你不介意吧？俺、俺不是不搬，俺是怕房扒了，树刨了，俺儿子回来找不到家啊。"说罢，老大娘呜嗬呜嗬哭起来。

夏至心头一震。

老大娘今年六十五岁。老伴死得早。十二年前，儿子借了亲戚朋友四十万炒股，最后赔了，为了躲避债务，儿子离家出走，从此杳无音讯。老大娘为了不让人捣自己的脊梁骨，一个人白天黑夜连轴转，打几份零工。攒够五千就还五千，攒够一万就还一万……直到前年，终于把儿子欠下的所有债务还清。年纪大了，一些单位也不敢再用她了，她便捡起了破烂，这样寻找儿子也方便一些。她说，有时一天她能走上三四十里。儿子走那年二十六岁，今年三十八岁……

说到这里，老大娘从怀里摸出一张黑白照片，不住地摩挲。

"大娘，您是好样的……"夏至鼻子一酸，忍不住攥着老大娘粗糙的手。他告诉老大娘，要帮她找到儿子。

"真的？"老大娘昏黄的眼睛像是被拨了捻的煤油灯，一下子亮了。

夏至重重地点了点头。他不敢说话，他怕一说话眼里的泪珠就会掉下来。

接下来，夏至就暂停了"和平小区"这个项目，把公司的重点工作转移到了其他地方。同时，不惜代价，利用电台、报纸、电视、网络等平台，寻找老大娘的儿子。

夏至隔三差五往老大娘家跑，每次去手里都不空，除了蔬菜、水果，还有买的衣服。去的时候，还帮助老大娘做家务……在他的坚持下，还认老大娘做干娘。

一个月，两个月，三个月……半年时间过去，老大娘出走的儿子还是没有一点线索。

这天，夏至又去看老大娘了，一边给老大娘洗脚一边拉呱闲话。

老大娘叹口气，冷不丁说道："孩子，房子该扒就扒，树该刨就刨……不能因为俺一个老婆子耽误大伙儿的事儿。"

"娘……"夏至愣了一下。

老大娘说："他若想回来，俺搬到哪儿他都会找到……再说，不是还有你这个儿子吗？"老大娘说罢，想给夏至一个笑，不料，眼里的泪却出来了。

"和平小区"建成后，名字改为"幸福的家"。老大娘的儿子叫幸福。

形　象

在女儿眼中，父亲的形象是邋遢的，因为她是从穿着打扮来看父亲。在外人眼里，父亲的形象是高大的，因为父亲有一颗善良的心灵。

那天中午，丽娟正在办公室享用着午餐，父亲突然来了。父亲推开门那一刻，丽娟又急又窘，还带着气。父亲一头花白的头发，乱蓬蓬的，一看就像多天没洗过，胡子也没刮，穿得比平时下地时齐整一点，但还是皱巴巴的，裤脚高挽着，布鞋上还撒着泥星……若是办公室就丽娟一个人倒还罢了，偏偏那天她的几个姐妹都在。她们大眼瞪小眼，好像父亲是个外星人。

父亲也真是的，您来就来吧，好好把自己收拾一番啊。没等丽娟开口，父亲讪笑了一下，磕磕绊绊地说："这不端午节吗，你娘起五更包的粽子……我、我就搭车来了。"说着话，父亲解开了背着的挎包。

丽娟的闺蜜红红缓过神来，轻轻搡了丽娟一下，熟稔地说："叔叔，要不是您提醒，我们几个今天真还就错过端午节了。"

父亲把粽子一拿出来，屋子里一下子升腾起粽子的香味，是丽娟熟悉的那种久违的香味。红红和其他几个姐妹旋风似的围了过去，有的给父亲让座，有的给父亲倒水，喊伯的，叫叔的，亲热得不得了，倒是半点没有嘲笑父亲的样子。

看到姐妹们的表现，丽娟心里的火气慢慢消了，这才感觉对父亲有点苛刻了，再怎么说，也还是自己的父亲。

不待父亲发话，丽娟就拿起粽子让起来。红红急忙接一个，使劲闻着，然后狼吞虎咽地吃起来，一边吃一边夸张地叫着："香，真香"。丽娟和其他几个姐妹们都笑了起来。父亲也附和着嘿嘿呵呵地笑了。

丽娟这才问道："爹，您吃饭了吗？您没吃我带您去外边吃去。"

父亲忙说："吃了，吃了，我在外边吃的烩面。"看着桌子上的泡面，他心疼地说："光吃这个会中？没钱了给家里说。"

红红抢先说道："叔叔，我们偶尔吃一次。"红红说的也是实话。

丽娟掏出 500 块钱，对父亲说："街对面有家洗浴中心，您去洗洗澡，理理发……然后我去给您买一身衣服。"

推让了半天，父亲才接下。

等了两个多小时，父亲转了回来，还是来时的形象。丽娟瞪着父亲说："爹，您没去？"

父亲支吾着，说不出个囫囵话。

丽娟说："爹，别心疼钱……给您了，就是让您花的。"

父亲低着头，像是个做了错事的孩子。

红红过意不去，走过去劝丽娟："在乡下理个发洗个澡，十块八块的就能解决，叔叔肯定是俭省惯了，舍不得……你别埋怨叔叔，老人家都这样。"

父亲的手还插在口袋了，似乎要把钱摸索出来。

丽娟说："爹，您别掏了，留着花吧。"

天将黑的时候，父亲坐末班车回乡下了。

当天晚上，丽娟看当地电视新闻的时候，忽然瞪大了眼睛，直直地盯着电视：画面上一位老人倒在地上，围观了不少人，指指戳戳的，却没有一个人把老人扶起来。正在过马路的父亲看到后，赶过去，没有丝毫犹豫就把老人扶了起来。忽然，老人一把抓住父亲

捡来的家

的胳膊："老哥，谢谢你！"随后从口袋掏出一沓钱，又说："老哥，这是 1000 块钱，别嫌少。"父亲给搞糊涂了，周围的人也糊涂了。老人咧开嘴笑了："我是故意跌倒的，若是谁把我扶起来，就奖励谁 1000 块钱。"这时，一个背摄像机的记者过来了，问父亲："大爷，您当时是怎么想的？"父亲的脸红了半天，才结结巴巴地说："我也没想啥，若是见了老人有困难，都不伸手，轮到自己老了咋办？"记者又问："您就没想到被讹诈了？现在电视上这类新闻不少，您也可能看过……"父亲挠了挠头发，说："哪会呢，那种人还是少数，世上还是好人多。"……

丽娟的眼泪不由自主地流了下来，她拿出纸巾，怎么擦，也擦不干。此时，红红和其他几个姐妹的电话一个接一个打过来，都说看到刚才播放的新闻了，都说丽娟的父亲很伟大。

丽娟待自己平静下来后，打电话给父亲："爹，我明天回家……我、我也几个月没回去了。"

"这闺女，一会儿风一会儿雨的，今天不是刚见了面？"

"爹，人家不是奖励您 1000 块吗，我想让您请客。"

"闺女，你都知道了……我、我看到一个家庭困难的学生娃跪在地上要钱，本来想把那 1000 块钱给他，没想到连带着把那 500 块也一起掏给他了，想再要回来又张不开口。闺女，你怎么哭了，是不是爹今天给你丢脸了？"

"爹，没有，没有，您、您今天给我长脸了。"

"胡说，爹一个农民会给你长脸？"

"……"丽娟忍不住啜泣起来。

乡　情

　　王大爷是个孤寡老人，村民却变着法子帮助他。即便是家里有蒸笼，也要去王大爷家里借用。只有这样，在归还蒸笼的时候，按照习俗，才可以名正言顺地贴补他。

　　这是多年前的事儿了。

　　在我们农村老家，每到年关，最忙活的一件事要算蒸馍了。蒸豆沙包，蒸糖包，蒸菜包，蒸油卷，蒸小糕……除了自家吃以外，更多的是招待宾朋以及走亲戚。若是过年去老丈人家，还要蒸大油糕，富裕一点的人家，一个能蒸到二十多斤，再不宽裕的人家，一个也不下十斤。这就是说，蒸的馍不但数量多，而且个头大，蒸馍时就要用大号的蒸笼。有多大？下面烧水的锅跟杀猪锅一般大，你就可以想象笼和笼箅有多大了。农村有句俗话，一年不置半年闲。说的是农村人居家过日子，不能置办一年时间里闲置半年的东西。那年月，也不是家家户户都置办得起这么大号的蒸笼的。

　　我们村，只有王大爷家有一套大号的蒸笼。王大爷是个好人，乐意把蒸笼借给大伙儿，还经常打扫村里的道路。听娘说，都是义务的。村里穷，没钱，想给也给不了。

　　祭罢灶王爷，家家户户便开始借笼蒸馍。蒸得早了，怕馊了；蒸得晚了，怕忙不过来，也怕借不到蒸笼。其实，我们村只有二十多户人家，一家蒸馍的时间按三个小时计算，从腊月二十三开始，足还来得及。那几天，村子里一天到晚充盈着蒸馍特有的味道，升腾着越来越浓的年的气息。

也不是白借，归还时除了把自家蒸的馍每样给王大爷送两个，还要把腊肉什么的年货顺便送一点。我记得，有一年，爹还让我给王大爷送了一瓶酒。送的东西还不能放在外面让王大爷看到，要放在锅里面，用笼盖罩上。王大爷孤身一人，送得蒸馍多了，他一时半会也吃不完，晾晒干后存放起来，再吃时，馏一下就可以了。听娘说，每年，光蒸馍王大爷都能吃上好几个月。

那时，我还小。除了跟着哥哥到王大爷家里借笼外，蒸馍时负责烧火，往灶里送柴禾，看着火苗贪婪地舔着黑乎乎的锅底，闻着蒸笼里冒出的丝丝馍香，这在寒冷的冬天是再惬意不过的了，最主要的，每一笼蒸完，还能享用到沾在笼布上的馍渣渣。

这一年，我一个人到王大爷家里借笼。哥哥当上了村里的支书，家里见不到他的影子了。有一次，娘还恨恨地说，你哥卖给村里了。我还傻愣愣地问娘，卖了多少钱？娘搕了一下我的头，噗嗤笑了。

我去的时候，王大爷在贴春联，更准确地说，对联已经贴好，他老人家正在欣赏呢。上联：百世岁月当代好；下联：千古江山今朝新。横批：万象更新。

看到我，王大爷说："又是借蒸笼的吧？不借！"

这时候，我注意到，王大爷跟往年不一样，穿的也新，胡子也刮了，头发也剃了，一脸红光，精神着呢。

"不借？"我追问了一句。

王大爷挤眉弄眼地说："回去问问你哥就知道了，我要谢谢他哩，还有你爹……来，吃糖。"说罢，他从口袋里掏出几颗糖给我。我犹豫了一下，一看是大白兔奶糖，就接下了。

难道是哥哥得罪了王大爷？可他怎么还要谢哥哥呢？我一边往回走一边想，怎么想也想不明白。

娘见我失望而归，恍然说道："你瞧我这记性……"随后，从厨房的角落里拉出一套蒸笼来。

我傻乎乎说："娘，这新崭崭的，不像是王大爷家里的啊？"

娘说："咱家的，买来好多年了。"

我还是不明白："那咋年年还借王大爷家里的？咱不舍得用？"

娘说："真是傻孩子，若是用咱家的，你王大爷咋过年啊？"娘还说，其实村里不少人家都置办了，一直没有拿出来使用。

我越发糊涂了："今年王大爷咋过？他还说要谢我爹谢我哥呢。"

娘说："你爹当支书的时候，悄悄动员村里人给兑了一点钱，用这点钱买了一套蒸笼送给你王大爷，说是上级救济他的。你王大爷也不傻，没啥报答的，天天扫大路去……你哥去年把村委会收拾了一下，弄成了养老院，把你王大爷和几个孤寡老人接了进去，今年都在养老院过年呢。"

我似懂非懂地点了点头。

朋友圈

玩微信的朋友都有朋友圈，经常彼此点赞、跟帖，好像铁哥们、闺蜜。然而，真正关心自己的是谁呢？是自己不常联系的父母。

朋友们真够意思，我每发一条微信或是转发一条微信，点赞的不计其数，评论的大有人在。嘘寒问暖，关怀备至，似乎甘愿为我赴汤蹈火、两肋插刀，上刀山下火海也在所不辞，好像我要天上的星星，他们都不敢去摘月亮；我若是要本拉登的脑袋，耳朵拿来都不管用。

每天早上，我睁开眼睛打开手机，问好的微信是一条接一条："早上好！我的亲哥！""昨晚又做了好梦吧？愿你美梦成真！"……每到节假日，祝福语更是铺天盖地，热火朝天，弄得我眼花缭乱，无暇顾及，看都看不过来；一会儿一杯茶水，一会儿一杯咖啡，一会儿一朵玫瑰，一会儿一块西瓜，当然啦，红红的嘴唇也是少不了的，虽然都是虚拟的，画饼不能充饥，但还是常常感动得我泪流满面、哽咽难语。后来，有微信红包了，朋友们也没少出血，该出手时就出手，尽管都是一分二分的钢镚儿，我还是很知足的，中国有句老话不是叫"礼轻情意重"吗？不是还有句话叫做"窥一斑可见全豹"吗？有那份心意我就很知足了。

微信真好！朋友圈真好！

我这人有点小气，主要还是钱包老是瘪着，想大方大方不起来。有头发谁会装秃子，是不是？人生就像舞台，不到谢幕，你永远不知道有多精彩。这话真他奶奶的精辟！双十一到了，担心有朋友跟我借钱。这年头，不能谈钱，谈钱就伤感情。借吧，就那三核桃俩枣，借出去时是爷收回来时成了孙子；不借吧，把人得罪了。于是先下手为强，发了一条微信：最近手头有点紧，哪个能帮帮忙？

我相信，这一条微信发去，红包会一个接一个，账号上的钱也会不断递增。您知道，我的初衷不是缺钱。所以，我决定，红包拒收，账号上的钱会如数返回！我的目的很明确，就是害怕他们张口借钱。

往常，我的手机会不断发出微信的提示音，嘟嘟嘟，像蛐蛐叫，好听极了。今天倒好，哑巴了似的，一点声音也没有。我不断地翻看着手机，什么也没有，没有人点赞，没有人评论。难道是他们没看到？我便不停地去刷朋友圈，跟他们点赞，偶尔也评论几句，为的引起他们的关注。

一秒钟过去了，一分钟过去了，一个小时过去了，一个上午过去了……我眼巴巴地等了一天，等到晚上 12 点，还是没有一个人点赞，没有人跟帖。当然，微信红包是一个也没有，转账汇款的信息也是一条也没有。

手机出问题了？我的旧手机还在，功能还都齐全，我慌忙换上卡试了试，外甥给舅提灯笼，照旧（舅），便关灯睡觉了。可是，手机静悄悄的，一点声音都没有。晚上，我失眠了，从一只羊数到了九万九千九百九十九羊也睡不着。

记得一个侯姓的作家说过，一个诚实的敌人并不可怕，可怕的是一个虚伪的朋友。他还说过，有时候美好的表面下，隐藏的却是丑陋和险恶。他的话不敢去想，想起来都可怕。这年头，不能谈钱，谈钱真的就伤感情。

第二天早上，忽然收到一笔 2000 元的转款信息。我定睛细看，不错，是 2000 元。谢天谢地！阿弥陀佛！我悬着的心终于放进了肚里，毕竟还是有真心实意的朋友的吗！谁说的"这年头不能谈钱，谈钱就伤感情"？全都是放屁！

话题还得绕回来，谁给转的款呢？"花心大萝卜"？"没有人比我更爱你"？"我是真心对你好的人"？"想你想到骨头里"？"你是我的心肝肝"？……我思来想去，都像，又都不像。

这时，忽然一个叫"祝你平安"的人发来一条微信: 给你转了两千，不够了再联系。

"祝你平安"是谁啊？我翻开聊天信息，却没有一条与他（她）聊天的内容。说实话，"祝你平安"是男是女不知道，是罗锅还是鸡胸不清楚，更别说其他信息了。

我没办法，只好打出一行字：您好，幸福上班没有带手机，我是她老婆，请问您是谁啊？

捡来的家

幸福是我的小名。

"祝你平安"：傻孩子，我是幸福她妈。

我半天没有回复一个字，眼泪哗哗的，抱着手机呜呜哭起来。

拜 药

农村里的好多风俗，看似迷信，实则是老祖宗传下来的生活秘籍，有一定的科学道理。不能全信，也不能不信。

在我农村老家，到神仙那里求来的药，称之为"拜药"。

老家有不少庙宇，如玉仙河边的龙王庙，浮戏山上的山神庙，琉璃庙沟的火神庙，等等，可多啦。从名字上就可以看出，这些庙宇多在偏僻的地方，为了使乡亲们烧香拜佛方便，有虔诚的香客就在路边的坎崖上建个类似鸡窝（如果神仙有灵，请恕我描述不恭）的小龛，里面摆个泥塑或者石雕的神仙，有的干脆就在里面贴个"一山之主""财神爷"之类的名号，门口挂个红布帘子，就算是一座"庙宇"了。哪个有需求，不用翻山越岭、跋山涉水，在这里烧香磕头就可以了。更有省事的，在自家供奉一尊神仙，随时都可以祷告。在乡亲们眼里，谁要是有个头疼脑热的，以为恶鬼厉神作祟。所以，解决的办法，也是在神仙那里。在神仙面前放置一张巴掌大小的白纸，焚香祈祷一番，然后小心翼翼地把纸张包裹起来。纸里能有什么？更多时候，什么都没有，偶尔会落下一点灰尘。爷爷曾对我说过，神仙给的药，凡人是看不见的。父老乡亲认为这虚无缥缈的东西就是神仙赐的"药"。回到家后，做个样子把"药"倒进嘴里，喝点水咽下去算是把药吃了。若有不灵验，没人会埋怨到神仙头上，会说自己心不诚。

母亲怕是村里唯一"心不诚"的人。自打我记事起，从没见母亲到庙里烧过香磕过头，拜过药。我曾好奇地问过她。她说，她从来不相信这个。她还说，出门远烧香，不如在家敬爹娘。爹娘就是自己的神，自己好好做人也就成了神，还去拜啥？还去求谁？

当时，我并不理解母亲话里的含义。直到我懂事后才明白母亲的意思，感觉母亲真是一个了不起的人，一个很有智慧的人。

有一次，我们一家三口回家探望母亲。到家的当天晚上，妻子的乳房突然肿痛起来，乳汁流不出，刚满月的儿子吃不到奶，饿得嗷嗷直叫。恰好，邻居家的媳妇刚做完月子，奶水正旺盛。真是有奶便是娘，儿子叼上人家的奶头就顾不上哭了。可是，妻子疼得眼泪汪汪，怎么办？去镇里医院吧，也不通车，黑灯瞎火的，很是不便。

正当全家人一筹莫展之际，八十多岁的爷爷对我母亲说，这是撞到啥（鬼神）了，到花家拜点药吧。

花是一个孤寡老太婆，我平时叫她花奶奶，她家里供着"老天爷"。据说很灵验，救治了不少疑难杂症。

没想到，一向不迷信的母亲竟答应了。病急乱求医？这也不现实啊。出了家门，趁着妻子没在跟前，我张了张嘴，终于说道："妈，您也相信这个？"

娘说："我轻易不求神仙，求一次他还能不帮忙？"

我一时无语。心说，为了儿女，当父母的真的是什么事都愿意做啊。

我跟着母亲来到花奶奶家。花奶奶住的是窑洞。她家用的灯泡是五瓦的，窑里很是昏暗。洞顶上被柴火、油烟熏得黑乎乎的。窑中间隔着布帘子，里面摆着一张桌子，桌子上放着一尊披着红布的神仙塑像。窑洞顶上久未清扫，有不少蛛丝灰尘倒垂下来，长长短短，轻微地摆动着，像是一挂挂黑色的没有声音的风铃……母亲在观音菩萨前放上一张空白纸，点起三根线香，拜了三拜，然后折转身跟花奶奶拉起闲话。有一杯茶的工夫，母亲回转到供桌前，张大嘴巴，惊喜差点叫出声来。

我看到那张白纸上一团黑乎乎的，是窑洞顶上的灰尘落下了。这就是神仙赐的药物？母亲怎么也这么愚昧呢。一时间，我哭笑不得。当着菩萨的面，我也没敢说什么。来的路上，母亲反复交代，在神灵面前，多磕头，少说话。可能怕我言多有失，得罪了它们吧。

回到家，母亲用柿子醋把求来的"药"搅拌了一下，然后抹在妻子的乳房上。还交代我，晚上起来再涂抹两次。我答应得倒痛快，睡得贼死，晚上的两次都是母亲亲自过来给妻子涂抹的。

妻子私下还问我"药"是哪里弄来的，我支吾半天，说是从村里一个老中医那里求来的。

说也奇怪，第二天早上起来，妻子的乳房不疼了，也慢慢消了肿。我窃以为，或许她的乳疾本来就没什么，只是碰巧而已。

直到多年后的一天，我采访一个老中医，无意中说到这件事，老中医解释道：我妻子当时患的病叫"妒乳"，而解药正是"烟珠"。屋梁上垂下的丝绵状黑色灰尘，可入药，也叫乌龙尾。李时珍在《本草纲目·土·梁》中记载："倒挂尘名乌龙尾、烟珠。"除了"妒乳"，烟珠还治反胃、吐泻、小便不畅、牙疼、胎动、无名恶疮、小儿头疮等18种疾病。

怪不得花奶奶家里的神仙灵验！我心里却还有疑问，说花奶奶家有烟珠，其他的庙宇里没有啊，怎么有时也能治病？

老中医说，那些村民到庙里拜一拜为什么有些病就好了呢？其实，有一些所谓的病只是精神郁闷所致，到了庙里，给菩萨说说，给乡邻聊聊，心里就轻松许多，以为神仙会帮助他（她），认定求来的"药"是灵丹妙药，心里有盼头，精神就好了许多，所谓的病也就没有了。

我一下子明白过来，心里边五味杂陈，什么滋味都有。

流浪猫

母亲喜欢收留流浪猫。在女儿麦苗看来，十分的不解。直到有一天，麦苗才知道，自己和那些猫一样，是母亲收留的弃婴。

麦苗回到家，看到母亲正在给一只小猫喂食。母亲端着一只碗，碗里倒的是牛奶，小猫不停地吮吸着，一副贪婪的样子。小猫瘦得肚子奄拉着，很是单薄，怕是一股风就能吹倒。它通体白色，毛发卷曲着，脏兮兮的，像是掉进了染缸一般。听到麦苗的声音，小猫停止了进食，看了麦苗一眼，怯怯地喵了一声。母亲轻轻拍了一下小猫的头："没事，乖乖，吃吧。"他耍尿泥儿那会儿，母亲也叫他"乖乖"呢。随后，母亲给麦苗解释，这只小猫是她从街头上捡回来的。

母亲怎么这么喜欢流浪猫流浪狗？一时间，麦苗心里老大的不舒服，像胸口那儿塞了一团棉花，憋闷的慌。小时候，母亲外出捡破烂，遇到小猫小狗就捎带着捡回来了。那时候麦苗小，觉得有小猫小狗陪伴，好玩，热闹。等到麦苗上学后，感觉不那么好玩了。有一天早上醒来，两只小猫把他的作业本、书本当成了玩具，给糟蹋了。麦苗没有去学，哭了整整一天。就为这事，母亲把家里收留的几只小猫小狗都送出去了，但破烂照收不误，要养家糊口啊，不

捡来的家

捡破烂不行。等到麦苗大学毕业参加工作，就坚决不让母亲捡破烂了，再捡拾下去，怕是自己连对象也找不到。

去年，母亲收养了一只流浪狗。麦苗到家发现后，劝说母亲扔出去，母亲不听，执意要养。后来，麦苗趁着出差的机会，悄悄把那只流浪狗拉到了外地。母亲知道是麦苗所为，麦苗故作糊涂，一问三不知。母亲也没再埋怨麦苗，但因为这件事，她多天都打不起精神，像是跑了魂似的。

麦苗参加工作后，每周回来一次。他以为母亲一个人孤独，曾一度打算给她找个老伴，她一口回绝了。麦苗自小就没见过父亲，有一次曾问过母亲，母亲说你父亲因一场意外死了。什么意外？看到母亲黯然神伤的样子，麦苗也就没再往下打听，再打听就是往母亲的伤口上撒盐。

母亲肯定是寂寞了。想饲养小动物可以呀，买个名贵的品种，看着舒服，也给人撑面子。像这种流浪猫，都是一些没有人稀罕的杂种。但是，麦苗陪着母亲去了宠物市场，她又死活不买，说那东西金贵，比养孩子都难。麦苗心里清楚，母亲一辈子俭省惯了，舍不得花那两个钱。下次回来，一定给母亲捎回来一只，不管是猫还是狗。

麦苗忍不住说道："妈，我知道您是菩萨心肠……但是这种流浪猫最不干净，喂饱后送出去吧。"

母亲叹口气，说："这大冬天的，送出去不饿死也要被冻死，怪可怜的……它一顿吃不了多少。"

麦苗说："妈，我不是说咱喂不起它，我是说这种东西不定带着什么细菌呢，传染给您怎么办？"

母亲张了张嘴，才想起反驳的话来："等它吃饱喝足，我给它洗洗澡。"

母亲收拾罢小猫就去厨房忙活了，她知道麦苗喜欢吃她擀的面条，每次回来都要给他擀面条。趁着母亲没在跟前，麦苗打着手势吓唬小猫，想撵它走。小猫"喵喵"地叫着，慌慌跑进了厨房，围着母亲的腿打转。

麦苗只好跟过去，给母亲解释道："嘿嘿，我逗它玩呢。"

母亲把小猫抱在怀里，一边"乖乖，乖乖"地叫着一边去拿手轻轻抚摸小猫。看到母亲还带着一双面手，麦苗的火气腾地一下子起来了："妈，你正在擀着面条，这样多不卫生啊？给我，我把它放走。"麦苗说罢，上前要夺母亲手里的小猫。

母亲侧了一下身子，给挡住了。

麦苗还要去抢，母亲大声喝住了他，然后叹了口气，缓缓说道："麦苗，我想早晚都得告诉你，不如现在就告诉你吧。那一天是个集日，我跟你爸，不是你爸，是我对象，厮跟着去赶集，走到半路，从路边的麦地里传来一阵小孩子的哭声，走过去一看，只见一个包裹里裹着一个孩子，看样子只有两三月大，我抱起孩子那一刻，孩子看着我，一声也不哭了……我提出收养这个孩子，我对象不干了。因为我要坚持收养，他最后跟我分手了。后来，我也没再找婆家。为了躲避闲话，只好带着你离开村子来到了这里……"

麦苗忽然间什么都明白了，看着那只可怜的小猫，仿佛感觉它就是当年的自己。

第四辑　警匪游戏

"听风者"马秘书有一手"绝技"：对单位领导、同事，乃至大门口栓的狼狗走动的声响，他都能够一一准确地分辨出来。当又一个人在门外来回走过几趟，躲在屋内的马秘书却分辨不出来。这个人是谁？马秘书为什么分辨不出来？这个人不是别人，是马秘书的亲爹。

微笑天使

小米有一脸八颗牙的微笑，曾有"微笑天使"之称。然而，在实际生活当中，大家却像躲瘟神一样躲避着她的笑。

小米曾是一位空姐，现在不当空姐了，没等她发出求职的消息，就有多家公司找上门来，岗位随她挑，工资随她要……这么诱人的条件哪里还有？不在于小米有多能干，背景有多深，在于小玉个头高挑，长得漂亮，一脸八颗牙的微笑，曾有"微笑天使"之称。这就很难得了，现在两个人见面，即便是认识，似乎微笑的也不多了，比四川大熊猫还稀有。说到这里，顺便再啰嗦一句，小米被航空公司炒鱿鱼，就是因为她的微笑，不是因为她不会笑，而是因为她太会笑了：一位乘客的公文包不见了，急得火烧火燎，小米还是八颗牙的微笑，人家乘客能受得了？就到航空公司投诉，把小米从空中投诉到了地下。

话题再绕回来。面对众多岗位，小米选来选去，应聘到了当地一家房地产开发公司，职位是总经理助理。

房产开发公司总经理时工，每天带着小米出入各种场合，给他带来了意想不到的效果，创造了可观的效益。

因为东区一块地皮的手续问题，有关部门的一位科长一直不给签字。时工就带上小米请科长吃饭。小米迷人的微笑一下子就把科长征服了，几句甜言蜜语，几杯薄酒茶水，科长便找不着北了，接过小米手中的笔，龙飞凤舞地给签上了自己的大名。

楼盘开业那天，小米往售楼部前一站，因为事先在当地各家媒体打出了广告，售楼部前比肩继踵人山人海，不用花钱雇民工，人气就上来了。也有报名买房的，更多的是来看小米的，来看小米的微笑的……

时工心里那个乐呀，脸上笑得比小米的微笑还灿烂。然而，渐渐地，时工感到了小米的微笑并不是他所想的那么美好。

有一天，时工带着小米去见一位局长。局长也被小米的微笑给震住了，乖乖地把字给签了。事后，局长打电话给时工，说时工，你上次给我送的红包是不是小米也知道？时工忙矢口否认，说大哥，这事她不知道。局长说，那她对我笑什么？我感觉到她的笑很神秘，弄得我心里一惊一乍的。

有一次，一位主任过生日。时工带着小米去赴宴。他们回来后，主任给时工打电话，说小时，再来我这里时，别带你那个小米了，我感觉她的笑怪怪的，似乎知道了我的什么事。时工心里一惊，忙解释说，老板，小米就那样，见人没有不笑的。

那天小米上班，到单位门口，遇到了财务科的丽娟。小米对着丽娟一笑。丽娟瞪了小米一眼，你笑啥？不就是比我年轻几岁吗？到了我这把年纪，也是水桶腰黄脸婆。说罢，屁股一扭一扭地走了，很不服气的样子。

我对你笑一下有错吗？干吗发这么大的火啊？小米气得眼泪差点掉下来。

小米就是小米，如果不微笑就不叫"微笑天使"了。这一天，小米遇到公司的办公室主任老李。小米又是微微一笑，天使般的微笑。老李冲着小米叫道，笑什么笑？我不就是昨天给老婆买卫生用品当成办公用品报了吗？有本事找我大哥告去。老李说的"大哥"就是时工。

小米去找时工诉苦，说时总，我微笑有错吗？

时工说没错，没错。关键是你要把握好机会，什么时候该笑，什么时候不该笑。

小米说，时总，你说什么时候该笑，什么时候不该笑？

这个，这个……这个问题太难了，时工也说不出个所以然来。

这天，时工让小米去他家取份文件。小米认识时工的老婆，整年有病，一天到晚不离药罐。小米敲开门，对时工的老婆一笑。没等小米说话，时工的老婆就神神秘秘地说，闺女，你给我说实话，是不是那个姓时的在外又干什么见不得人的事了？

小米说，没有啊。

没有？不可能。我从你的脸上能看出来。时工的老婆言之凿凿。

小米下意识地摸了一下自己的脸。

时工的老婆说，姓时的肯定有问题，没有问题你对我笑什么？

我的笑？小米真是有点哭笑不得。

小米发现，以后遇到公司同事或是熟悉的人，大家都远远地避开了，连当初对她形影不离的总经理时工也像躲瘟神似的躲着她。即使遇到陌生人，小米的微笑也常常把人家吓一跳，有的远远躲开了，有的还对小米吼：有什么值得好笑的？神经病！

后来，小米失业了。

听风者

马秘书有一手"绝技"：对单位领导、同事，乃至大门口栓的狼狗走动的声响，他都能够一一准确地分辨出来。当爹在门外来回走过几趟，躲在屋内的马秘书却分辩不出来。

农业局办公室的马秘书身怀绝技，听力非常好，有"听风者"之美誉。跟你这么说吧，屋顶上溜过一只猫，他能听出是公猫还是母猫；窗外溜过一丝风，他能听出是东风还是西风，是东南风还是西北风；树梢上有两只麻雀叽叽喳喳在黏糊，他能根据鸟语分辨出是哪个再向另一个求爱……马秘书自己也说，他还能够通过聆听胎动，预测孕妇怀的是男孩还是女孩，是不是双胞胎，是不是龙凤胎。不过，截止目前，还没有哪一个孕妇自告奋勇愿意尝试。

有人会说，是骡子是马拉出来遛遛。嗨，机会还真就来了。

这一天是个国际性的节日，具体什么节日并不重要，局里上午首先举办了座谈会，然后开展了拔河、跳绳等一些娱乐性的活动。

捡来的家

这些活动都结束后，离中午聚餐的时间还有那么一点时间，有人就提议做个小小的游戏，测试一下马秘书的听力。

具体步骤是这样的：把马秘书关在办公室里，让人从门外的走廊上走一趟，让马秘书猜猜是哪一个。

这个提议得到了大家的一致赞同。马秘书笑眯眯的，乐呵呵的，一副胸有成竹、志在必得的样子。

游戏正式开始。第一个上场了，刚走两步，马秘书就在屋里叫道：是傅局长。

不错，正是农业局的老一傅局长！

马秘书得意地说，傅局长办事果断，雷厉风行，走路也是掷地有声，铿锵有力。这话不免有拍马屁的嫌疑，但他毕竟猜对了，瑕不掩瑜，大家还是报以热烈的掌声。

第二个也只是走了不到五步，马秘书就在屋里叫道：是郑副局长。

这一次，马秘书也猜对了，门外走的正是农业局的二把手郑副局长。

马秘书说，郑副局长做事稳重，为人低调，走路也是一样稳重。

第三个是打字员小娟。为了增加难度，小娟特意用平底鞋换掉了高跟鞋。

这也难不倒马秘书。他说，小娟年轻开朗，身轻如燕，走路都像是在跳舞。

第四个是办公室主任老李……

第五个是司机大牛……

第六个是门卫老焦……

第七个是厨师小胖……

局里百十号人依次走过，马秘书都一个不差地给猜了出来。真是神了！

有人说，这要在战争年代，马秘书绝对有用武之地，不说是英雄，但肯定不是狗熊。

"再来一个！"傅局长示意马秘书进屋，然后让老李把大门口栓着的两只狼狗放进来一只。这两只狗一个叫大黄，一个叫二黑。放进来的是大黄。

狼狗在走廊上遛了一圈。马秘书猜出来是狗，但没分辨出来是大黄还是二黑。第二趟大黄刚开始走，马秘书就在屋里叫道：是大黄！这一次，马秘书除了捕捉狗的脚步声外，还借助了狗的呼吸声。

现场又是掌声、叫好声一片。

这时，从大门又来了一个人。这个人大家都认识，也是马秘书的熟人。老李灵机一动，让马秘书不要开门出来，让他猜猜来人是谁。

凭马秘书的本事，猜出来应该不是难事。

一趟，一趟，一趟……来人在走廊上来回走了五六趟，走得额头上都冒出了汗。呵呵，还真是奇怪，马秘书愣没猜出来。他在屋里丧气地说出了谜底：不是熟悉的人猜不出来。

哼！来人听到这话，气得扭头就走。

"大叔……"在场的人纷纷挽留。

马秘书打开门，看到那人佝偻的背影，张了张嘴，终于叫出了声："爹！"

"我不是你爹！鳖儿子，半年不见就拿爹不当爹了……"

风水宝地

县直小学该翻修了。老校长找来找去，终因没钱搁浅了。老校长恨透了分管教育的马副县长。有一天，一个开发商相中了学校这块地方，说是风水宝地，情愿再给学校建个新校区。老校长不知道，那个风水先生就是马副县长请来的。

县直小学的老校长又来找分管教育的马副县长。说不清他这是第几次来了。

没等老校长开口，马副县长就皱着一张脸，像谁摸了他老婆屁股似的，说："老校长，学校的情况我知道，可是巧妇难为无米之炊，没有钱啊。"说着话，他给老校长倒了一杯水。

老校长说："几十年的房子了，房顶上裂的口子像小孩的嘴，屋子漏雨不说，刮风下雨都不敢让学生上课。"

马副县长说："这是大事，你给我盯紧点。咱两个是一根绳子上的蚂蚱，出了事谁都跑不了。"

老校长喘着粗气说："我巴望着出事呢，出了事就有人管了。"

马副县长说："你看你看，县上那么多事，总得来个轻重缓急吧？即使有钱，也不是老母猪的奶穗子，想哂就哂两下……"

看到马副县长不往正事上说，老校长水也不喝，气咻咻地走了。

这天，老校长在学校门口协助老师接学生过马路，忽然看到两个人在学校门口转悠。

这两个人他都认识，一个是明月房地产开发公司的董事长赵明月，一个是当地有名的风水先生。

风水先生掏出罗盘在地上鼓捣了半天，急不可耐地、悄悄地对赵明月说："就这了！"

赵明月看着眼前这个破败的小学校，有点怀疑风水先生的眼光。

风水先生收起罗盘，用肯定的语气说："我看过的地盘中这个是最好的了。"

赵明月说："风水先生，我是开发房子的，可不能大意啊。"

风水先生说："赵董您看，学校前面有条小河，后面有个土山。常言说，背靠山好升官，前临水好生财。这是最好的阳宅了，我敢断言，这个地方出过不少人物，有经商的，有当官的……您把房子开发起来，绝对火爆！"

赵明月就有点心动。县城里没有几块地方可供开发了，几乎没有选择的余地。他心疼地说："这个小学搬迁就是一笔不小的费用……"

风水先生不以为然地说："你这次赚大了，建学校是功德无量的事，好多人没有这机会呢。这边盖房子又是风水宝地，绝对好卖……"

正当两个人嘀嘀咕咕的时候，老校长踅摸了过来。

赵明月还在犹豫的时候，老校长黑着脸，说："想开发房产？石狮子屁股，没门！"

"老校长，为啥子不行？"赵明月感到不解了。

老校长说："风水宝地。"显然，他扑捉到了风水先生的话，之后，老校长掰着指头如数家珍，说从这里考上大学有多少个，出国留学有多少个，毕业后当上科级以上干部的有多少个，经商走上富裕路的百万富翁有多少个。

风水先生说："老校长，既然出了不少人才，怎么不让他们出

捡来的家

钱把学校修一修呢?"

老校长叹口气,说:"我何曾没想到这个?咱只是他们的小学母校,他们还有初中母校、高中母校、大学母校……还有,马副县长说,好钢要用在刀刃上,不要随便求他们……"

赵明月吃了定心丸,忙打断老校长的话:"老校长,您选个地方,我再给你建个学校如何?"

老校长愣了一下,然后摇摇头:"不可能再有这么好的风水了,学校是出人才的地方,不能随便建的。"

赵明月忙把风水先生介绍给老校长,说风水先生如何如何了得,学校选址的事包在他身上。

老校长看着风水先生,半信半疑。

风水先生忙说:"老校长,学校的事,就包在我身上,我绝对给你选个好地方。"

老校长这才答应。

后来,根据风水先生的建议,学校建在了郊区,远离闹市,安静得很,老校长也很满意。为了学生上学方便,县里边还专门开通了一个线路的公交。

等到新学校建成,老师和学生们搬走,赵明月搞定一切手续后,就马不停蹄地安排人把老学校拆了。

很快,在老学校的原址上竖起了数栋楼盘。

这天晚上,在一家酒馆的包间里,老校长和风水先生推杯换盏。老校长醉醺醺地说:"你当初怎么知道学校出过不少人才?你真的能掐会算?"

风水先生笑了:"老校长,人才不都是从学校出来的?!"

老校长恍然大悟:"谢谢你啊。要不是你这一招,若等马副县长来关心,学校的危房改造不知道等到猴年马月了……"

风水先生说："老校长，你不知道，这还是马副县长给出的主意呢。"

一套红木家具

高师傅收藏了一套价值连城的红木家具。有不少出高价购买，他一直没出手。儿子高平以为父亲会留给自己。结果，高师傅把家具捐出去了。高师傅却说，留给儿子的东西同样价值连城。

高师傅收藏了一套明朝时期的红木家具。这套家具整整 38 件，完好无损不说，材质属于红酸枝木，表面光泽度高，而且有包浆，雕花也十分精美。

高师傅的儿子高平很高兴。这些年，红木家具因被明清两代皇室御用而受到民间收藏家的追捧，随着红木家具收藏和消费市场不断升温，加上原材料日渐稀缺，红木家具的身价一路飙升。按照当下的行情，无疑，这套红木家具价值连城，绝不是一个小数目。是父亲收藏的不假，但是，父亲已是八十高龄的人了，自己又是他唯一的儿子，等于说，自己是父亲唯一的财产继承人。高平能不高兴吗？

有人出价 500 万。

高平暗喜，有了这 500 万，就能在小县城买一套大房子，然后再买一辆中档小汽车，剩下的钱存起来，用于平常的生活足足有余。

不料想，高师傅摆了摆手，没有答应人家。

高平猜测，肯定是父亲嫌价格低了，想把价格再往上抬抬。好啊，

捡来的家

高平满怀信心地期待着，期待着父亲收藏的这套红木家具能卖上了个好价钱。

果然，过了一段时间，有人出价1000万。

呵呵，高平大喜过望。如果1000万成交。他就在省城买套房子，买一辆最新款的奥迪，干脆把工作也辞了，去旅游，先中国，后外国……这才是优哉游哉的日子！这日子才叫滋润呢。

没想到，高师傅摇了摇头，拒绝了。

难道父亲还嫌人家出的价格低？他想卖多少钱呢？高平不敢问父亲。有一次，他问父亲这套家具值多少钱。父亲狠狠瞪了他一眼，说你最好别打这套家具的主意。想一想，父亲的心情也可以理解。为了这套家具，父亲耗尽了一辈子的积蓄，有一次小偷来偷，父亲差点把命搭上。

再后来，有人把价出到了5000万。

乖乖哩，这可是个天文数字！连做梦都想不到。高平心里狂跳不已。5000万！这钱该怎么花呢？到国外去，对，就在国外买套别墅，听说澳大利亚最适宜居住，就去澳大利亚……可是，父亲居然不动声色。而且，很坚决地把来人给撵走了。

父亲想干什么？想把这套家具带到坟墓里去？不是没有可能。明朝有一个收藏家吴洪裕，收藏了元朝画家黄公望在82岁时画的《富春山居图》。他很喜欢这幅画，在临死前下令将此画焚烧殉葬，幸被吴洪裕的侄子从火中抢救出……难道说父亲也打算学吴洪裕？想到这里，高平惊出了一身汗。高平思来想去，就又找了一个爱好收藏古家具的大老板来做父亲的工作。

大老板先是出价6000万，高师傅不同意，又出价7000万，高师傅还是不同意……最后，这位老板出价1亿元。高师傅居然还是不答应。

大老板很是不解，问道："高老先生，我都出到天价了，您怎么还不同意呢？您还想卖多少？"

高师傅说："你若真喜欢这套家具，就盖一个博物馆，我把这套家具捐出去。"

大老板说："您说的可是真的？"

"我现在就可以跟你签协议。"高师傅说。

难道父亲老年痴呆了？不像。高平不理解，又不敢问父亲。

后来，博物馆建成，高师傅就如约把家具让那位大老板拉走了。

高平强忍住心头的不满，说："爸，您给我留下的是什么？"

"你说呢？"高师傅反问一句。

高平终于忍不住了，气呼呼地说："爸，您什么也没给我留下！我都奇怪，我是不是您的儿子。"

高师傅淡淡一笑："孩子，我给你留下的财富价值连城——平安。"

"平安？"高平半天没有回过神来。

通话记录

在当年谈恋爱时，小于和小芳打一次电话能说上几个小时。等到两个人关系越来越亲密，通话时间却越来越短了，由最初的两三个小时代最后的两三秒钟。

一

时间：1993 年 8 月 9 日

人物：小于和小芳

捡来的家

通话内容："芳，是我。在忙什么呢？""上班。""想我不？""讨厌！""忙不忙？""在看小说。""什么小说？谁写的？""《康百万》，咱县那个侯作家写的。写得可美了。""我看过侯作家的不少东西，很有味道。回头让我看看。""好的。""昨晚的香辣火锅好吃吧？今天想吃什么？""随便。""不能随便，今天是你的生日。我给你准备了生日蛋糕，酒店也订好了……"（此处省略一万字）

通话时长：2小时59分。

二

时间：1998年8月9日

人物：小于和小芳

通话内容："小芳，晚上去哪里吃饭？""买彩票中奖了？还是单位发奖金了？""没有，今天不是你生日吗……""在家吃得了，外面饭死贵，不实惠，也不好吃。"

通话时长：1分24秒。

三

时间：2002年8月9日

人物：小于和小芳

通话内容："小芳，下班回去捎什么？""奶粉没有了，到超市捎一袋。""知道了。""别的不捎了？""不捎了。"

通话时长：58秒钟。

四

时间：2007年8月9日

人物：小于和小芳

通话内容："小芳。""有事吗？""没啥事。""没事打什么电话，耽误我斗地主。"

通话时长：10 秒钟。

五

时间：2010 年 8 月 9 日

人物：小于和小芳

通话内容："买烧饼。""嗯。"

通话时长：2 秒钟。

超 载

超载，说的是电梯，实则指的是人的心灵。当心灵承受的负荷越来越多，最终毁掉的是生命。

一座金碧辉煌的写字大楼，高达 40 多层，窜到了云彩眼里，看得小张头晕眼花——小张刚来的时候，常常往大楼上瞅。里面住着数十个单位，不清楚都是干什么的。但小张知道，他们都是有身份的人，从他们的衣着打扮上就能看出来，男士一个个西装革履，皮鞋擦得锃光瓦亮；女士一个个珠光宝气，屁股一扭一扭的，骄傲得像个公主……有时小张看到他们来到电梯跟前，颠颠地去开电梯，有巴结讨好的意思，可是，他们不说一声谢谢倒也罢了，连眼神也不给小张一个，好像小张是空气，不存在似的。有那么一段时间，小张感到很不舒服，说我不就是一个农村来的高中毕业生，不就是一个负责保洁的物业工作人员吗？后来，小张从报纸上看到一句话，心里的不舒服才慢慢消失了。那句话是这样说的，一个人站在山顶，一个人站在山脚下，两人相互对望，彼此在对

捡来的家

方眼里一样的渺小。

　　这天下午四点多，小张打扫完十八楼的卫生——他负责的是十八楼，就在电梯门前转悠。每天下午五点的时候，下班的人特别多，电梯上上下下几十趟才能送完，所以每逢电梯门一开，一个个恨不得削尖脑袋望里钻，常常造成拥挤不堪的局面，很不雅观。领导就安排小张引导大家排队上电梯。但是，没有人听小张的，我行我素。小张也就听之任之，反正挤的又不是自己。每天下班的时候，只是例行公事地在电梯前转悠一番。

　　一群人百米冲刺似的来到电梯跟前，一个个立在那里，做肃立状。小张见状，忙伸手按了向下的箭头。

　　一个，两个，三个……整整挤进去18个人！电梯发出了超载报警的蜂鸣声。这部电梯核载人数为13人，多进去了5个，显然电梯也不愿意了。按照常理，遇到这种情况，出来一两个人电梯就正常。可是，没有一个人动。

　　小张说，出来几个。

　　没有人理睬小张，眼睛都看着电梯的顶部，好像那里有精彩的看点。

　　小张提高了腔调，说出来几个，否则电梯走不了，谁也下不去。

　　还是没有人理睬小张，似乎没有人听到小张的提示。

　　看到陆续过来了几个需要下楼的人。小张急了，忙上前拉着电梯里一个中年人的胳膊，说大哥，你下来吧。

　　谁是你大哥？松手！中年人瞪了小张一眼

　　小张忙松手，说，大哥，不，老板，您下来吧，下一趟再上。

　　凭什么我下一趟？我急着上去签合同呢，损失的钱你给我赔？中年人扬了扬手腕上扣着的钱包。

　　小张一个月工钱千把块，赔不起，忙对一个二十多岁的女孩说，小姐——

没等小张往下说，女孩眉毛一样，气呼呼地说，谁是小姐？你叫谁小姐哩？

小张脸一红，忙改口说，大姐——

女孩又不乐意了，打断小张，说叫谁大姐呢？我有那么老吗？

小张张了张嘴，不知道叫女孩什么，便转脸对一个五十多岁的男人说，老板，您先下来好吗？

五十多岁的男人看了小张一眼，慢条斯理地说，凭什么让我下？是按年龄大小，还是按姓氏笔画，疑惑是职务高低？你总得说出个一二三四，是吧？不能想让谁下就让谁下。小年轻，真是啥都不懂！说罢，这个男人还乜斜了小张一眼。电梯里的其他人也都对小张嗤之以鼻，对小张充满鄙视。

……

总之，没有一个人愿意从电梯里出来。都把矛头对准了小张，一个个口水飞溅，差一点淹没了小张：

"你是怎么管理的啊？"

"电梯为什么不换成大的？"

……

小张目瞪口呆。小张哑口无言，好像责任全在小张，好像小张是罪魁祸首。

在外面等候的人也都一声不吭，没有人帮小张说一句话。

忽然，只听"喀嚓"一声，电梯"哗"地声向下急速降落……

请勿打扰

一个住宾馆的男子，几天屋门紧闭，不让服务员打扫屋子。他是干什么的？他要干什么？读者的心也跟宾馆服务员晓晓一样，充满了好奇和期待。

晓晓是一家宾馆的服务员。她谈了两个男朋友，都是开了荒花的南瓜，只见花开得鲜艳，不见结果。

第一任男朋友，两个人彼此都有好感，谈了半个月就戛然而止。男朋友是个副局长，当着晓晓的面收了一个大红包。还对晓晓说"人不为己，天诛地灭""当官不为财，请我也不来"之类的话。晓晓当面没有说什么，过后给他发了一个"请勿打扰"的短信，把他拉入了黑名单。

第二任男朋友有房有车，有自己的公司，长得也帅气。有一次，晓晓发现这个男孩对父母说话一点也不客气，粗声大气的，唾沫都能溅到他们的脸上。同样，晓晓也给男孩发了个"请勿打扰"的短信，拜拜了。

闲话少说，言归正传。这一天早上八点刚过，晓晓来到516房间门口时，发现门把手上挂着"请勿打扰"的牌子。她很知趣地走开了。类似的情况有两种：一种情况，客人晚上睡得晚，早上补觉；另一种是情况，客人是一对男女，恨夜短，不希望被打扰。

因为想着房间里的卫生，晓晓注意到，一整天516房间都挂着"请勿打扰"的牌子。其实，作为服务员，晓晓也乐得这样，省却了不少麻烦呢。

　　第二天早上，晓晓来到516房间门口，发现门把手上依然挂着"请勿打扰"的牌子。晓晓就绕过这个房间去拾掇其他房间了。

　　"请勿打扰"的牌子又是挂了一整天。期间，也没有发现房间的客人出来要牙刷洗发液之类的物品。

　　到了第三天早上，516房间还是挂着"请勿打扰"的牌子。

　　晓晓通过前台知道，516房间住着一个小伙子，小伙子来自河南省中牟县，是1991年出生的，刚刚24岁。房间里到底发生了什么？小伙子在里面干什么？是加工毒品还是在搞其他违法犯罪勾当？还是小伙子因为债务因为情感因为其他原因自杀了？还是病了？还是喝醉了？抑或是房间里还有其他人？……总之，不正常，极不正常。

　　晓晓猜来猜去，果断地上前敲门，如果门不开，就直接用钥匙打开。想不到，"来了。"门里应了一声，随即门轻轻地开了，露出了小伙子的笑脸："服务员，有事吗？"

　　晓晓愣了一下，忙说："我、我……三天了，房间需要打扫一下。"

　　小伙子把晓晓让进房间里，说："我明天就退房了，退了房再打扫也不迟。"

　　房间里没有烟味，也没有酒味。晓晓扫了一眼房间，一个床铺的被子叠起来了，一个床铺的被子伸展着，没有凌乱的感觉，桌子上放着客人的一台笔记本电脑，电脑开着，显示的是一个打开的文档，似乎客人正在电脑前打东西。

　　"牙刷什么的不需要吗？"晓晓看了一眼卫生间的门，然后把目光转向小伙子。

　　小伙子似乎看出了晓晓的多虑，忙推开卫生间的门。

　　门开了，里面没有想象当中的情形，物品摆放也很齐整。晓晓的心一下子轻松了不少。

捡来的家

　　"你看，牙刷还能用；牙膏配备的是两管，够我用的；卫生纸也还有；我洗了一次澡，就是再洗一次，洗发水也够用了……"小伙子一说话就笑，一笑就露出了很齐整的牙。

　　晓晓没有说话，她真的不知道说什么才好。

　　小伙子以为晓晓不明白，继续解释说："如果客人不走，三五天不打扫也没事。你打扫一次不要力气吗？这些床单、毛巾，不需要天天消毒。牙刷用一次就更换，不浪费吗？还有，打扫一次不用水？不用电？都是在增加宾馆的成本，都是在浪费社会资源……"

　　"谢谢！"晓晓说罢就退出了房间。不知道为什么，在小伙子面前，她有了心跳加速的感觉。是他那富有磁性的声音？还是他那浅浅的微笑？……

　　小伙子是中牟的王作家，他是来当地采访的。也算两个人有缘，王作家出差回来后，才发现他的一个档案袋丢在了宾馆里。正当他要打宾馆的电话时，收到了晓晓发来的特快专递，正是他丢失的档案袋。

　　王作家就依照快递上的电话打了过去，正是晓晓的电话。他说了不少感谢的话，又说了不少感谢之外的废话。

　　就这样，两个人黏糊上了。直到临入洞房前，王作家才知道晓晓的爸爸，他的老丈人是宾馆的董事长。

失　联

　　王安给妻子月娟买了一个镀金项链，月娟却信以为真，如获至宝。给情人晓晓买了条金项链，她却怀疑是假的。

王安最近心里很纠结。

王安遇到了一个名叫晓晓的女孩。晓晓今年 28 岁，比他老婆月娟整整小 10 岁，当然，除了年龄上的优势，晓晓漂亮，而且温柔，话也甜。想起月娟，王安就莫名地一肚子火，脸上黄不拉几的，像是整天吃糠咽菜似的，腰比胸围的尺寸还大，胸部呢，像是摊开的鸡蛋饼，别提有多难看了，而且说话直来直去，粗门大嗓，即便是做夫妻功课，板着脸，像是例行公事。有一次，王安实在忍不住，说："你不会叫床吗？搞得我一点激情都没有。"月娟就叫道："床，床……"气得王安差点一脚把她蹬下床去。

有整整一个星期了，王安没有回家，不是忙，是不想回家。月娟一天几个电话，总是问他有什么事，啥时间回家。王安就说我出差了，过一段时间才回来。怕月娟再烦他，他索性把月娟的电话号码拉进了黑名单。

也巧，单位真的派王安去山东烟台出差。在出差的头天晚上，几个朋友给王安饯行，因为心里烦，也架不住朋友敬，王安就多喝了几杯，一下子就喝高了。朋友找了个的士把他送回了家。

回到家已是半夜时分，月娟没有在家，王安没有在意，迷迷糊糊歪在床上，很快打起了呼噜。

王安醒来，感到口干舌燥，头疼欲裂，他叫道："水，水……"若搁过去，月娟早就把温的蜂蜜水递到了他的手里，可是，月娟没有在家，没有人给他端水。他想起来自己倒，可是浑身无力，心有余力不足，起不来。他打晓晓的电话，想让晓晓过来。电话通了，没等他说话，晓晓就说："安哥，瞌睡死我了，有事明天说好吗？拜拜！"说罢，电话就挂了。王安再打，晓晓的手机关机了。

等到了天亮，王安的酒也醒得差不多了，他喝了点水，胡乱吃了点东西，精神才缓过来。要出差了，带哪些东西呢？穿什么衣服好呢？打开衣橱，王安一筹莫展。他拿出一件，看看不行，扔到床上，再拿出一件，在身上比比，感觉还是不行……他就打晓晓的电话，想让她过来一下。

听说他要出差，晓晓高兴地说："安哥，烟台是国内最大的黄金产地，回来给我捎一条金项链啊……"

王安心里咯噔了那么一下，现在的女孩真现实啊，嘴上还是说道："好，给你捎。你能不能过来一下，我、我穿什么衣服好呢？"

晓晓在电话里扑哧一下笑了，说："安哥，你是三岁小孩啊？穿休闲的行，出差吗，随意一点好……我现在有点事，不能过去，回来见。拜拜！"

王安想起了月娟，他过去只要出差，都是她给拾掇的，根本不用他操心。她老是那几句话："这是茶叶，路上多喝开水；这是剃须刀，电池给装上了；这是感冒药；少喝酒多吃菜……"他总是不耐烦地说："我知道了，又不是三岁小孩……"

想到这里，王安下意识地拨打月娟的电话，电话已经关机。王安心里那个气又上来了？去哪里了呢？是她察觉了我跟晓晓的事，赌气回娘家了？

王安揣着惴惴不安的心情出差了。在烟台的一个大型黄金饰品超市，王安买了一条24克的金项链。他感到有点对不起月娟，从超市出来后，鬼使神差地又在地摊上花10块钱买了一条镀金的项链。

一星期后，王安出差回来了，在出站口迎接他的是晓晓。见了面，晓晓就在他的脸上啄了一下："安哥，想死你了。"

王安心里一高兴就把金项链拿出来挂在晓晓白皙的脖子上。

晓晓抚摸着金项链，说："安哥，不会是假的吧？"

王安急了，说："你可以去金店验证吗？要是假的……"

晓晓忙用小手去捂王安的嘴："安哥，跟你开玩笑呢。"

这时，王安的手机响了，他一看是姐姐的号码，忙接了："姐，我出差了，刚出火车站。什么？你在市人民医院？好的，我现在就过去。"

王安挂了电话，和晓晓打的直奔医院。

在大门口，王安见到了姐姐。没等他说话，姐姐就劈头盖脸地数落他："你是怎么搞的？妈都住院一个多星期了，都是月娟一个人在伺候，给你打电话一直打不通……要不是熟人告诉我，我还不知道呢。这是谁——"姐姐疑惑地看着晓晓。

晓晓不自然地说："我是安哥的朋友。"

王安回过神来，忙替自己开脱："我给月娟打电话了，她的电话打不通。"

姐姐气呼呼地说："手机欠费了！为了给妈看病，她身上的钱花光了，还借了好几千块呢。"

等到他们来到病房，王安看到月娟弯着腰正在给妈洗脚。

王安回过神来，发现晓晓不知什么时候已经走了，再打她的手机，已经打不通了。

后来有一天，月娟发现了王安包里的镀金项链，她嗔道："买这个干啥？不当吃不当喝的……"

王安歉疚地说："月娟，这是假的，只花了10块钱。"

月娟笑了："别骗我了……"

王安鼻子一酸，眼泪差点掉下来。

捡来的家

两件老棉袄

　　小娟让一个陌生人给县城的爹捎去一件棉袄。毛蛋幸灾乐祸，以为棉袄肯定捎不到。他要给儿子捎棉袄，详细盘问了司机，自以为司机不敢诳他，绝对能把棉袄捎到。没想到，是另外一种结局。

　　这事发生在二十世纪八十年代。

　　那是一个偏僻的小山村，卧在大山深处，离县城很远，坐车要翻山越岭，四五个小时的路程。但也不闭塞，村头就挂着一条公路，一头牵着县城，一头连着省城。要到省城去，更远，坐车得一天时间。小娟的爹在县城开了个修车铺，修自行车。那年月，自行车特流行，诺大一个县城几乎没有几辆摩托。若是你站在哪家国营厂矿的大门口，每逢上班或是下班时间，看到的就是自行车车流。小娟的爹有个徒弟叫柱子，是本村的。修车铺也就他们两个，一个师傅，一个徒弟。

　　这年冬天将要来临的时候，娘做了一件棉袄，要小娟搭车给爹送去。大清早，小娟走到村口，没有等到班车，恰好遇到一辆往县城方向去的货车，小娟灵机一动，就把棉袄给了司机，让他给捎到爹，司机很爽快地答应了。

　　小娟高兴透了，这一来一回，就省了十几块钱的路费，够一家人花销一个月了。她几乎是一路蹦跳着回到了家。

　　大伙儿都说她干了一件傻事。

　　柱子爹毛蛋，言之凿凿地说，瞎了，棉袄肯定捎不到。

小娟说，毛蛋叔，为啥啊？

毛蛋说冷冷一笑，为啥？你知道司机叫啥？

小娟摇摇头。

司机是哪个单位的？毛蛋又问。

小娟又摇摇头。

毛蛋说，你跟人家非亲非故，互相又不认识，你连一根烟也没给人家，人家凭啥给你捎？

小娟吓坏了，"哇"地声哭了。那时，小娟才十七岁。棉袄丢了，爹咋过冬啊？

娘安慰小娟，说没事的，棉袄肯定能捎到。那时候，村里还没有电话，只有等到村里人进城或是等到他们回来，才能知道结果。

过来几天，柱子的娘也做了件新棉袄，让毛蛋给柱子送去。

毛蛋翻了老伴一眼，值得送？让过往的车辆捎去不就得了。还不如人家一个小妮子聪明！说罢哼哼了两声。他说的"小妮子"就是小娟，不知道此时是嘲讽老伴还是嘲讽小娟。之后，毛蛋就夹上棉袄往村口走去。

到了村口，正巧停了一辆货车，司机在村口的小卖铺买烟。司机是个二十多岁的年轻人。

毛蛋上前招呼："师傅，帮个忙好吗？"接下来，毛蛋就把前因后果大致说了一下，说儿子在县城修车，天冷了，家里给他做了件棉袄，让司机给捎过去。

司机爽快地说："好咧，没问题。"接过棉袄扔到了驾驶室里。

司机刚要上车，毛蛋扯住了人家，说："师傅，你叫什么名字？家是哪的？哪个单位的？"

司机说："你问这个干什么？"

毛蛋支吾了一下，说"咱们素不相识，我、我这不是不放心吗……

你放心，你要是捎到了，下次路过村口，我给你买一盒烟。"

司机恍然大悟，就随手从口袋里掏出一张名片给了毛蛋："这是我的名片，你想知道的都在上面。"

名片上写着：赵真，XX县物资局，办公室电话：XXXXXXX。毛蛋如获至宝，紧紧抓在手里。

到了年关，小娟的爹和柱子从县城回来了。小娟的爹穿的正是老伴给他做的新棉袄，柱子呢，穿的还是单薄的衣服，冻得瑟瑟发抖。那年月，百货商店也有卖棉袄的，舍得买的人还是有限的。一问才知道，柱子根本就没有收到那个年轻司机捎给他的棉袄。

"骗子！"毛蛋破口大骂。

老伴埋怨毛蛋："你当时要是给师傅买盒烟，兴许没问题。"

"屁话！"毛蛋瞪了老伴一眼，"幸亏我聪明，不然又搭进去一盒烟！"

毛蛋从抽屉找到那张名片，跑到镇上打电话——电话倒是打通了，接电话的是一个女的，说他们单位有个叫赵真的。

毛蛋就把前因后果说了一遍。那个女的说，他们单位的赵真是个四十多岁的人，是个科长，从来没开过车，也不会开车。

毛蛋懵了，半天才醒悟过来，那个司机骗了他，把别人的名片随手给他了。

第二年夏天的一天，柱子在县城修车铺修车的时候，那个司机把车开到店铺门口，把棉袄给了他。

柱子愣愣地说："大哥，怎么现在才捎到？"

司机无奈地说："我那次回来就出差了，最近才回来，不好意思啊。"说罢，他朝柱子狡黠地眨巴两下眼睛，走了。

古 墓

眼下流行造假，连文物也不例外。为了给当地打造旅游景点，老高把祖宗的墓穴当成了孙猴子师徒三人。

老高是当地的名人，说得更准确一点，是当地的文管所所长，平时以研究地域文化为主，被冠以专家的名号。为官一任，造福一方。老高一心想把家乡弄出点名堂，让老百姓能够得到实惠，也给自己的政绩添上浓墨重彩的一笔。现在兴起了旅游热，若是能鼓捣出个景点是再好不过的了。无奈何，黄鼠狼生不出藏獒，那块地不行，再努力也是白忙活，说明白一点，就是这地方缺乏旅游资源，咋旅游？这就让老高很为难。

这事真是难，比女人生孩子都难。老高搬着县志，不知道熬了多少夜晚，不知道掉了多少根头发，也没弄出名堂。这地方不是风水宝地，自先祖从大槐树迁来至今，没有诞生过达官贵族，连个举人都没有，自然，也没有埋葬过王侯将相。当年抗日，打老蒋，也没有到过此地，红色旅游显然是天方夜谭。

从水里下功夫，想想也是枉然：有一条小河，等到汛期时，浩浩荡荡，像是那么回事，到了枯水季节，就成了苍蝇蚊子生儿育女的伊甸园，老远就能闻到一股臭豆腐的味道。若是上山找灵感，更扯淡：起名树山，一棵树也没有，光秃秃的，跟老和尚的脑袋似的。既不险峻，也不突兀，说是丘陵更合适一下，上面尽是土骨堆，埋的都是死人，放羊的都不往那里去。

捡来的家

老高白天想，晚上想，吃饭时想，拉屎时也想，喝水时想，尿尿时想，想造假弄一个名人来，可是，中国历史上有名的，早就河里的螃蟹，有家（夹）了，即便是贪官，如秦桧，如和珅；名妓，像李师师、苏小小，也都有了"归宿"。譬如说潘金莲，好几个地方正争得头破血流呢，都说是他们家乡培养出来的，自己再出来凑热闹，赶着攀亲就有点让人不齿了。再说，整个县几十万人，没有一个姓潘的，也没有族人跟潘家结过亲戚，跟武大郎也扯不上关系，西门庆呢，那是拐弯亲戚也连不上。总之，不管是名垂千古的，还是臭名昭著的，挨个筛查了一遍，都有出生地和埋葬地，有的衣冠冢已经好几个，偏偏没有一个跟老高的家乡有过联系。

老高不死心。这天，他来到树山上溜达，溜达来溜达去，直到一个土骨堆里的草窝里窜出来两只兔子，老高的想法也窜了出来。

半个月后，老高把那个土骨堆扒开了，里面有三具尸骨，老高用放大镜看，用皮尺量，翻专业书籍，上网找证据……看来测去，翻来弄去，老高终于得出重大结论——这个土古堆是古墓，三具尸骨是唐僧的三个徒弟，即孙悟空、猪八戒和沙和尚。附近村里的老百姓议论纷纷，大多数同意老高的推测，因为这个坟头一直没见有人来上过香、烧过纸，从另外一方面说，唐僧的三个徒弟魂归何处，也没见有哪个地方出来炫耀。

这一发现不亚于哥伦布发现了新大陆，老高特意把新闻发布会定在了树山，定在了那个坟头前。

上午十点整，相关领导来，文物专家来了，各级媒体来了，手捧鲜花的小学生来了，敲锣打鼓的盘鼓队来了……老高的心跳得比当年入洞房时还要快，刚要宣布会议开始。忽然，只见一个老太婆跌跌撞撞赶到了主席台前。

"娘，您怎么来了？我这开重要会议呢……"老高急忙迎上前去。嗨，自己几个月没回去看望她老人家，自己不是忙吗，不是为了大家吗？自古忠孝难两全，老母亲不是不知道，至于踅摸到这里吗？老高有点生母亲的气了。

母亲举起拐杖就往老高身上招呼，边打边骂："我打死你这个兔崽子！我打死你这个兔崽子！我问你，你平时烧香都在哪里烧？"

"我每次来都是在那里烧啊。"老高忙指着旁边另一个土骨堆解释道。

循着老高的手势，不少围观的村民都不约而同地哄笑起来，因为那个坟堆里埋的是一条狗，文雅点说是一条义犬。传说，主人家失火，因醉酒睡了过去，狗便咬住主人的衣服把他拖到门外，当它再次回去叼主人的酒葫芦时，一根椽子下来把狗砸死了……

"你这个忤逆子！这里才是咱家的祖坟，埋的是你大爷、二爷和三爷，你、你却当成猴子、和尚和老猪……"老高的母亲话音未落，只听"噗通"一声，给气得瘫到地上，昏死过去。

工　作

大千世界，无奇不有。有着大专学历的春阳一直找不到工作，到一家酒吧发泄，击打橡皮人。想不到，这个橡皮人是父亲。

春阳大学毕业后，一直没有找到合适的工作。

第一次是去一家合资企业。春阳把简历递上后，没等人家问他，他就打听是月薪还是年薪。人事主管撇了撇嘴，说当然是月薪。春阳说，低于六千块我不干！人事主管把简历推给他，说你想六千，六千不想你。这里水浅，养不起你，你还是另谋高就吧。

我不是王八，我是龙！春阳以为人家侮辱他，就又去了第二家单位，国企。根据上次经验，他不敢自己给自己定工资了，国企是正儿八经的单位，一切都是按规矩来的，不会胡来的。可是，人家打发他先去车间一线锻炼。春阳不愿意，说太小看人了，凭我的能耐最起码给个主管当当，一般员工哪里干不了？！因此，春阳没上岗就炒了人家的鱿鱼。

接下来，春阳去了一家私企，人家是按业绩计算工资的，多劳多得。春阳当即就打了退堂鼓，计件工资太累人。

有一家单位答应录用春阳，工资每月6000元，主管。春阳犹豫再三，还是没去，因为这是一家烩面馆。这样的地方太没档次，也没有发展空间。若是朋友、同学问起来，咋好意思说出口？

……

春阳一连去了十多个单位，都没弄成事，不是他相不中人家，就是人家相不中他。

不能说春阳的眼光高。他的娘死得早，是爹把他拉扯大的，爹供他上小学、初中、高中，直到大学。他上的是三本学校，每年的学费都在一万六左右，四年下来，连同生活费，不下十万。为了给他赚取学费和生活费，爹农闲时节就去城里打工。他曾问过爹在城里干什么，爹说在建筑工地打零工，搬砖、提水泥。春阳对爹的话深信不疑，爹没有别的本事，除了种地，还是种地，不下死力是挣不到钱的。春阳曾暗暗发誓，大学毕业找到工作，就让爹回老家歇着去。等他稳定下来，挣到钱买了房先把爹接到城里，让爹也享享清福。因此，春阳的择业标准就是既要有钱又要体面，既富且贵，光宗耀祖。

愿望总是美好的，现实总是残酷的。

转眼春阳毕业已经大半年了，这期间的花销一直是爹给他转的。粗略算一下，花了将近两万块，光一个苹果手机就是五千块，还有，衣服，鞋子，皮包……虽然春阳花着爹的血汗钱，着实于心不忍，他就自己安慰自己：人靠衣裳马靠鞍，不好好打扮一番，人家会看不起自己的。舍不得孩子套不住狼。面包会有的，一切都会有的。

这天，春阳再一次求职失败，他就到一家酒吧里解闷。当他摇摇晃晃出来的时候，服务生给他一个宣传单：上面写着——你抑郁吗？你想发泄吗？过来打我吧！

春阳笑了，指了指弱不禁风的服务生："打你？"

服务生后退一步，解释说："我们酒吧里聘请有专门挨打的。这是一种娱乐方式，就像拳击、斗牛比赛一样。社会上那么多人有压力，可以给他们减压。喝过酒的人，过来打几拳，也会减少酒后闹事的几率……"

"是橡皮人吗？没意思。"春阳知道，城里的大街小巷有不少"发泄吧"，做了一些橡皮人模型，或是弄一些瓷器之类易碎品，让心里不痛快的人去摔打，去发泄。

"NO，"服务生摆了摆手，"是真人！"

春阳来了兴致："在哪里？快带我过去。"

服务生说："在左手边那间房间里，红色门那个。前面已经排了九名顾客，您需要稍等片刻……另外，打一次每十分钟收费260元。"

"没问题，我就十分钟。"春阳顺手给服务生掏了三张票子，潇洒地挥了挥手，"别找了，剩余的是小费。"

　　来到房间门口，里面围满了人，看不清被打的人，只听得一阵被打在身上的沉闷的声音以及围观者的拍手叫好声。

　　轮到春阳了。他刚要挥拳上时，看到被打者脸上青一块紫一块，肿得像被马蜂蜇了，鼻子流着血，春阳的手一下子耷拉下来。

　　被打者愣了愣，用微弱的气息对春阳说："孩子，你也有不高兴的事吗？那就来吧，我已经习惯了，挨几下没关系的。"

　　春阳两膝一软跪在被打者面前，失声叫道："爹，您打我吧……"